LA TERRE QUI MEURT

RENÉ BAZIN

ALICIA ÉDITIONS

TABLE DES MATIÈRES

1. La Fromentière — 1
2. Le Verger Clos — 29
3. Chez Les Michelonne — 36
4. Le Premier Labour De Septembre — 43
5. L'appel Au Maître — 56
6. Le Retour De Driot — 65
7. Sur La Place De L'église — 77
8. Les Conscrits De Sallertaine — 88
9. La Vigne Arrachée — 97
10. La Veillée De La Seulière — 114
11. Le Songe D'amour De Rousille — 126
12. L'encan — 132
13. Ceux De La Ville — 143
14. L'émigrant — 157
15. Le Commandement Du Père — 163
16. La Nuit De Février — 172
17. Le Renouveau — 186

1

LA FROMENTIÈRE

— Vas-tu te taire, Bas-Rouge ! tu reconnais donc pas les gens d'ici ?

Le chien, un bâtard de vingt races mêlées, au poil gris floconneux qui s'achevait en mèches fauves sur le devant des pattes, cessa aussitôt d'aboyer à la barrière, suivit en trottant la bordure d'herbe qui cernait le champ, et, satisfait du devoir accompli, s'assit à l'extrémité de la rangée de choux qu'effeuillait le métayer. Par le même chemin, un homme s'approchait, la tête au vent, guêtré, vêtu de vieux velours à côtes de teinte foncée. Il avait l'allure égale et directe des marcheurs de profession. Ses traits tirés et pâles dans le collier de barbe noire, ses yeux qui faisaient par habitude le tour des haies et ne se posaient guère, disaient la fatigue, la défiance, l'autorité contestée d'un délégué du maître. C'était le garde régisseur du marquis de la Fromentière. Il s'arrêta derrière Bas-Rouge, dont les paupières eurent un clignement furtif, dont l'oreille ne remua même pas.

— Eh ! bonjour, Lumineau !
— Bonjour !
— J'ai à vous parler : M. le marquis a écrit.

Sans doute il espérait que le métayer viendrait à lui. Il n'en fut rien. Le paysan maraîchin, ployé en deux, tenant une brassée de feuilles vertes, considérait de côté le garde immobile à trente pas de là, dans l'herbe de la cheintre[1]. Que lui voulait-on ? Sur ses joues pleines un sourire s'ébaucha. Ses yeux clairs, dans l'enfoncement de l'orbite, s'allongèrent. Pour affirmer son indépendance, il se remit à travailler un moment, sans répondre. Il se sentait sur le sol qu'il considérait comme son bien, que sa race cultivait en vertu d'un contrat indéfiniment renouvelé. Autour de lui, ses choux formaient un carré immense, houles pesantes et superbes, dont la couleur était faite de tous les verts, de tous les bleus, de tous les violets ensemble et des reflets que multipliait le soleil déclinant. Bien qu'il fût de très haute taille, le métayer plongeait comme un navire, jusqu'à mi-corps, dans cette mer compacte et vivante. On ne voyait au-dessus que sa veste courte et son chapeau de feutre rond, posé en arrière, d'où pendaient deux rubans de velours, à la mode du pays. Et quand il eut marqué par un temps de silence et de labeur, la supériorité d'un chef de ferme sur un employé à gages, il se redressa, et dit :

— Vous pouvez causer : n'y a ici que mon chien et moi.

L'homme répondit avec humeur :

— M. le marquis n'est pas content que vous n'ayez pas payé à la Saint-Jean. Ça fait bientôt trois mois de retard !

— Il sait pourtant que j'ai perdu deux bœufs cette année ; que le froment ne vaut sou, et qu'il faut bien qu'on vive, moi, mes fils et les créatures ?

Par « les créatures », il désignait, comme font souvent les Maraîchins, ses deux filles, Éléonore et Marie-Rose.

— Ta, ta, ta, reprit le garde ; ce n'est pas des explications que vous demande M. le marquis, mon bonhomme : c'est de l'argent.

Le métayer leva les épaules :

— Il n'en demanderait pas, s'il était là, dans sa Fromentière. Je lui ferais entendre raison. Lui et moi nous étions amis, je peux dire, et son père avec le mien. Je lui montrerais le changement qui s'est produit chez moi, depuis les temps. Il comprendrait. Mais voilà : on n'a plus affaire qu'à des gens qui ne sont pas les maîtres. On ne le voit plus, lui, et d'aucuns disent qu'on ne le reverra jamais. Le dommage est grand pour nous.

— Possible, fit l'autre, mais je n'ai pas à discuter les ordres. Quand payerez-vous ?

— C'est vite demandé : quand payerez-vous ? mais trouver l'argent, c'est autre chose.

— Alors, je répondrai non ?

— Vous répondrez oui, puisqu'il le faut. Je payerai à la Saint-Michel, qui n'est pas loin.

Le métayer allait se baisser pour reprendre son travail, quand le garde ajouta :

— Vous ferez bien aussi, Lumineau, de surveiller votre valet. J'ai relevé l'autre jour, dans la pièce de la Cailleterie, des collets qui ne pouvaient être que de lui.

— Est-ce qu'il avait écrit son nom dessus ?

— Non ; mais il est connu pour le plus enragé chasseur du pays. Gare à vous ! M. le marquis m'a écrit que toute la maison partirait, si je vous reprenais, les uns ou les autres, à braconner.

Le paysan laissa tomber sa brassée de choux, et, tendant les deux poings :

— Menteur, il n'a pas pu dire ça ! Je le connais mieux que vous, et il me connaît. Et ce n'est pas à des gars de votre espèce qu'il donnerait des commissions pareilles ! M. le marquis me renverrait de chez lui, moi, son vieux Lumineau ! Allons donc !

— Parfaitement, il l'a écrit.

— Menteur ! répéta le paysan.

— Que voulez-vous, on verra bien, dit le régisseur en se détournant pour continuer son chemin. Vous êtes averti. Ce Jean Nesmy vous jouera un vilain tour. Sans compter qu'il courtise un peu trop votre fille, lui, un failli gars du Bocage. On en cause, vous savez !

Rouge, la poitrine tendue en avant, enfonçant d'un coup de poing son chapeau sur sa tête, le métayer fit trois pas, comme pour courir sus à l'homme qui l'insultait. Mais déjà celui-ci, appuyé sur son bâton d'épine, avait repris sa marche, et son profil ennuyé s'éloignait le long de la haie. Il avait une certaine crainte de ce grand vieux dont la force était encore redoutable ; il avait surtout le sentiment de l'insuccès de ses menaces, le souvenir d'avoir été désavoué, plusieurs fois déjà, par le marquis de la Fromentière, le maître commun, dont il ne s'expliquait pas l'indulgence envers la famille des Lumineau.

Le paysan s'arrêta donc, et suivit du regard la silhouette diminuante du garde. Il le vit passer l'échalier, du côté opposé à la barrière, sauter dans le chemin et disparaître à gauche de la ferme, dans les sentes vertes qui menaient au château.

Quand il l'eut perdu de vue :

— Non, reprit-il tout haut, non, le marquis n'a pas dit ça ! nous chasser !

En ce moment, il oubliait les mauvais propos que l'homme avait tenus contre Marie-Rose, la fille cadette, pour ne songer qu'à cette menace de renvoi, qui le troublait tout entier. Lentement, il promena autour de lui ses yeux devenus plus rudes que de coutume, comme pour prendre à témoin les choses familières que le garde avait menti. Puis il se baissa pour travailler.

Le soleil était déjà très penché. Il allait atteindre la ligne d'ormeaux qui bordait le champ vers l'ouest, tiges émondées, courbées par le vent de mer, terminées par une touffe de feuilles en couronne, qui les faisait ressembler à de grandes reines-marguerites. On était au commencement de septembre, à cette heure du soir où des bouffées de chaleur traversent le frais nocturne qui descend. Le métayer travaillait vite et sans arrêt, comme un homme jeune. Il étendait la main, et les feuilles, avec un bruit de verre brisé, cassaient au ras des troncs de choux, et s'amoncelaient sous la voûte obscure qui couvrait les sillons. Il était plongé dans cette ombre, d'où montait l'haleine moite de la terre, perdu au milieu de ces larges palmes veloutées, toutes molles de chaleur, que soutenaient des nervures striées de pourpre. En vérité, il faisait partie de cette végétation, et il eût fallu chercher, pour discerner le dos de sa veste dans le moutonnement vert et bleu de son champ. Il disparaissait presque. Cependant, si près qu'il fût du sol par son corps tout ployé, il avait une âme agissante et songeuse, et, en travaillant, il continuait de raisonner sur les choses de la vie. L'irritation qu'il avait ressentie des menaces du garde s'atténuait. Il n'avait qu'à se souvenir, pour ne rien craindre du marquis de la Fromentière. N'étaient-ils pas tous deux de noblesse, et ne le savaient-ils pas l'un et l'autre ? Car le métayer descendait d'un Lumineau de la grande guerre. Et, bien qu'il ne parlât jamais de ces aventures anciennes, à cause des temps qui avaient changé, ni les nobles ni les paysans n'ignoraient que l'aïeul, un géant surnommé Brin-d'Amour, avait conduit jadis dans sa yole[2], à travers les marais de Vendée, les généraux de l'insurrection, et fait des coups d'éclat, et reçu un sabre d'honneur, qu'à présent la rouille rongeait, derrière une armoire de la ferme. Sa famille était une des plus profondément enracinées dans le pays. Il cousinait avec trente fermes, répandues dans le territoire qui s'étend de Saint-Gilles à l'île de Bouin et qui forme le Marais. Ni lui, ni personne n'aurait pu dire à quelle époque ses pères avaient commencé à cultiver les champs de la Fromentière. On était là sur parole, depuis des siècles, marquis d'un côté, Lumineau de l'autre, liés par l'habitude, comprenant la campagne et l'aimant de la même façon, buvant ensemble le vin du terroir quand on se rencontrait, n'ayant ni les uns ni les autres, la pensée qu'on pût quitter les deux maisons voisines, le château et la ferme, qui portaient le même nom. Et certes, l'étonnement avait été grand, lorsque le dernier marquis, M. Henri, un homme de quarante ans, plus chasseur, plus buveur, plus rustre qu'aucun de ses ancêtres, avait dit à Toussaint Lumineau, voilà huit ans, un matin de Noël qu'il tombait du grésil : « Mon Toussaint, je m'en vas habiter Paris, ma femme ne peut pas s'habituer ici. C'est trop triste pour elle, et trop froid. Mais ne te mets en peine ; sois tranquille : je reviendrai. » Il n'était plus revenu qu'à de rares occasions, pour une journée ou deux. Mais il n'avait pas oublié le passé, n'est-ce pas ? Il était demeuré le maître bourru et serviable qu'on avait connu, et le garde mentait, en parlant de renvoi.

Non, plus Toussaint Lumineau réfléchissait, moins il croyait qu'un maître si riche, si volontiers prodigue, si bon homme au fond, eût pu écrire des mots pareils. Seulement, il faudrait payer. Eh bien, on payerait ! Le métayer n'avait pas deux cents francs d'argent comptant dans le coffre de noyer, près de son lit ; mais les enfants étaient riches de plus de deux mille francs chacun, qu'ils avaient hérités de leur mère, la Luminette, morte voilà trois ans. Il demanderait donc à François, le fils cadet, de lui prêter ce qu'il fallait pour le maître. François n'était point un enfant sans cœur, assurément, et il ne laisserait pas le père dans l'embarras. Une fois de plus, l'incertitude du lendemain s'évanouirait, et les récoltes viendraient, une belle année, qui rétabliraient la joie dans le cœur de tous.

Las de demeurer courbé, le métayer se redressa, passa sur son visage en sueur le bord de sa manche de laine, puis regarda le toit de sa Fromentière, avec l'attention de ceux qui ont tout leur amour devant eux. Pour s'essuyer le front, il avait ôté son chapeau. Dans le rayon oblique qui déjà ne touchait plus les herbes ni les choux, dans la lumière affaiblie et apaisée comme une vieillesse heureuse, il levait son visage ferme de lignes et solidement taillé. Son teint n'était point terreux comme celui des paysans parcimonieux de certaines provinces, mais éclatant et nourri. Les joues pleines que bordait une étroite ligne de favoris, le nez droit et large du bas, la mâchoire carrée, tout le masque enfin, et aussi les yeux gris clair, les yeux vifs qui n'hésitaient jamais à regarder en face, disaient la santé, la force, et l'habitude du commandement, tandis que les lèvres tombantes, longues, fines malgré le hâle, laissaient deviner la parole facile et l'humeur un peu haute d'un homme du Marais, qui n'estime guère tout ce qui n'est point de chez lui. Les cheveux tout blancs, incultes, légers, formaient bourrelet, et luisaient au-dessus de l'oreille.

Ainsi découvert et immobile dans le jour finissant, il avait grand air, le métayer de la Fromentière, et l'on comprenait le surnom, la « seigneurie » comme ils disent, dont on usait pour lui. On l'appelait Lumineau l'Évêque, pour le distinguer des autres du même nom : Lumineau le Pauvre, Lumineau Barbe-Fine, Lumineau Tournevire.

Il considérait de loin sa Fromentière. Entre les troncs des ormes, à plusieurs centaines de mètres au sud, le rose lavé et pâle des tuiles s'encadrait en émaux irréguliers. Le vent apportait le mugissement du bétail qui rentrait, l'odeur des étables, celle de la camomille et des fenouils qui foisonnaient dans l'aire. Toute l'image de sa ferme se levait pour moins que cela dans l'âme du métayer. En voyant la lueur dernière de son toit dans le couchant du jour, il nomma les deux fils et les deux filles qu'abritait la maison. Mathurin, François, Éléonore, Marie-Rose, lourde charge, épreuve et douceur mêlées de sa vie : l'aîné, son superbe aîné, atteint par le malheur, infirme, condamné à n'être que le témoin douloureux du travail des autres. Éléonore, qui remplaçait la mère morte ; François, nature molle, en qui n'apparaissait qu'incertain et incomplet le futur maître de la ferme ; Rousille, la plus jeune, la petite de vingt ans… Est-ce que le garde avait encore fait une menterie en parlant des assiduités du valet ? C'était probable. Comment un valet, le fils d'une pauvre veuve du Bocage, de la terre lourde de là-bas, aurait-il osé courtiser la fille d'un métayer maraîchin ? De l'amitié, il pouvait en avoir, et du respect pour cette jolie fille dont on remarquait le visage rose, oui, lorsqu'elle revenait, le dimanche, de la messe de Sallertaine ; mais autre chose ?… Enfin, on veillerait… Toussaint Lumineau ne pensa qu'un instant à cette mauvaise parole que l'homme avait dite, et, tout de suite après, il songea, avec une douceur et un apaisement de cœur, à l'unique absent, au fils qui par la naissance précédait Rousille, André, le chasseur d'Afrique, qui avait suivi comme ordonnance, en Algérie, son colonel, un frère du marquis de la Fromentière. Ce dernier fils, avant un mois il rentrerait, libéré du service. On le verrait, le beau Maraîchin blond, aux longues jambes, portrait du père rajeuni, tout noble, tout vibrant d'amour pour le pays de Sallertaine et pour la métairie. Et les inquiétudes s'oublieraient et se fondraient dans le bonheur de retrouver celui qui faisait se détourner les dames de Challans, quand il passait, et dire : « C'est le beau gars dernier des Lumineau ! »

Le métayer demeurait ainsi, bien souvent, après le travail fini, en contemplation devant sa métairie. Cette fois, il resta debout plus longtemps que de coutume, au milieu des houles fuyantes des feuilles, devenues ternes, grisâtres, pareilles dans l'ombre à des guérets nouveaux. Les arbres eux-mêmes n'étaient plus que des fumées vagues autour des champs. Le grand carré de ciel, extrêmement pur, qui s'ouvrait au-dessus, tout plein de rayons brisés, ne laissait tomber sur les choses qu'un peu de poussière de jour, qui les montrait encore, mais ne les éclairait plus. Lumineau mit ses deux mains en porte-voix devant sa bouche et tourné vers la Fromentière, héla :

— Ohé ! Rousille ?

Le premier qui répondit à l'appel fut le chien, Bas-Rouge, accouru comme une trombe de l'extrémité de la pièce. Puis une voix nette, jeune, s'éleva au loin et traversa l'espace :

— Père, on y va !

Aussitôt, le paysan se courba, saisit une corde dont il entoura et serra un monceau de feuilles cueillies, et, chargeant le fardeau d'un coup d'épaule, chancelant sous la pesée de l'énorme botte qui dépassait de toutes parts son échine, ses bras relevés, sa tête enfoncée dans la moisson molle, il suivit le sillon, tourna, et descendit par la piste qu'avaient tracée dans l'herbe les pieds des gens et des bêtes. Au moment où il arrivait au coin du champ, devant une brèche de la haie, une forme svelte de toute jeune fille se dressa dans le clair de la trouée.

— Bonsoir, père ! dit-elle.

Il ne put s'empêcher de songer aux mauvais propos qu'avait tenus le garde, et ne répondit pas.

Marie-Rose, les deux poings sur les hanches, remuant sa petite tête comme si elle pensait des choses graves, le regarda s'éloigner. Puis elle entra dans les sillons, ramassa le reste des feuilles laissées à terre, les noua avec la corde qu'elle avait apportée, et, comme avait fait le père, souleva la masse verte. Elle s'en alla, courbée, rapide pourtant, le long de la cheintre.

Pénétrer dans le champ, rassembler et lier les feuilles, cela lui avait bien demandé dix minutes. Le père devait être rentré. Elle approchait de l'échalier, quand, tout à coup, du haut du talus dont elle suivait le pied, un sifflement sortit, comme celui d'un vanneau. Elle n'eut pas peur. Un homme sautait dans le champ, par-dessus les ronces. Rousille, devant elle, dans la voyette[3], jeta sa charge. Il ne s'avança pas plus loin, et ils se mirent à se parler par phrases brèves.

— Oh ! Rousille ! comme vous en portez lourd !

— Je suis forte, allez ! Avez-vous vu le père ?

— Non, j'arrive. Est-ce qu'il a parlé contre moi ?

— Il n'a rien dit. Mais il m'a regardée d'une manière !… Croyez-moi, Jean, il se méfie. Vous ne devriez pas passer cette nuit dehors, car il n'aime guère la braconne, et il vous grondera.

— Qu'est-ce que ça peut lui faire, que je chasse la nuit, si je travaille le matin d'aussi bonne heure que les autres ? Est-ce que je rechigne à la besogne ? Rousille, ceux de la Seulière et aussi le meunier de Moque-Souris m'ont dit que les vanneaux commençaient à passer dans le Marais. J'en tuerai à la lune, qui sera claire cette nuit. Et vous en aurez demain matin.

— Jean, fit-elle, vous ne devriez pas… je vous assure.

L'homme portait un fusil en bandoulière. Par-dessus sa veste brune, il avait une blouse très courte, qui descendait à peine à la ceinture. Il était jeune, petit, de la même taille à peu près que Rousille, très nerveux, très noir, avec des traits réguliers, pâles, que coupait une moustache à peine relevée aux coins de la bouche. La couleur seule de son teint indiquait qu'il n'était pas né dans le Marais, où la brume amollit et rosit la peau, mais en pays de terre dure, dans la misère des closeries ignorées. On pouvait deviner, cependant, à son visage osseux et ramassé, à la ligne droite des sourcils, à la mobilité ardente des yeux, un fonds d'énergie indomptable, une ténacité qu'aucune contradiction n'entamait. Pas un instant, les craintes de Marie-Rose ne le troublèrent. Un peu pour l'amour d'elle, beaucoup pour l'attrait de la chasse et de la maraude nocturne qui domine tant d'âmes primitives comme la sienne, il avait résolu d'aller chasser cette nuit dans le Marais. Et rien ne l'eût fait céder, pas même l'idée de déplaire à Rousille. Celle-ci avait l'air d'une enfant. Avec sa taille plate, sa fraîcheur de Maraîchine, l'ovale plein de ses joues, la courbe pure du front, que resserraient un peu sur les tempes deux bandeaux bien lissés, ses lèvres droites, dont on ne savait si elles se redresseraient pour rire ou s'abaisseraient pour pleurer, elle ressemblait à ces vierges grandissantes qui marchent dans les processions, portant une banderole. Seuls les yeux étaient d'une femme, ses yeux couleur de châtaigne mûre, de la même nuance que les cheveux, et où vivait, où luisait une tendresse toute jeune, mais sérieuse déjà, et digne, et comme sûre de durer. Sans le savoir, elle avait été aimée longtemps par ce valet de son père. Depuis un an, elle s'était secrètement engagée envers lui. Sous la coiffe de mousseline à fleurs, en forme de pyramide, qui est celle de Sallertaine, quand elle sortait de la messe, le dimanche, bien des fils de métayers, éleveurs de chevaux et de bœufs, la regardaient pour qu'elle les regardât. Elle ne faisait point attention à eux, s'étant promise à Jean Nesmy, un taciturne, un étranger, un pauvre, qui n'avait de place, d'autorité ou d'amitié que dans le cœur de cette petite. Déjà elle lui obéissait. À la maison, ils ne se disaient rien. Dehors, quand ils pouvaient se joindre, ils se parlaient, toujours en hâte, à cause de la surveillance des frères, et de Mathurin surtout, l'infirme, terriblement rôdeur et jaloux. Cette fois encore, il ne fallait pas qu'on les surprît. Jean Nesmy, sans s'arrêter aux inquiétudes de Marie-Rose, demanda donc rapidement :

— Avez-vous tout apporté ?

Elle céda, sans insister davantage.

— Oui, dit-elle.

Et, fouillant dans la poche de sa robe, elle tira une bouteille de vin et une tranche de gros pain. Puis elle tendit les deux objets, avec un sourire dont tout son visage, dans la nuit grise, fut éclairé.

— Voilà, mon Jean ! fit-elle. J'ai eu du mal : Lionore est toujours à me guetter, et Mathurin me suit partout.

Sa voix chantait, comme si elle eût dit : « Je t'aime. » Elle ajouta :

— Quand reviendrez-vous ?

— Au petit jour, par le verger clos.

En parlant, le jeune gars avait soulevé sa blouse, et ouvert une musette de toile rapportée du régiment et pendue à son cou. Il y plaça le vin et le pain. Occupé de ce détail, l'esprit concentré sur la chose du moment, il ne vit pas Rousille qui écoutait, penchée, une rumeur venue de la ferme. Quand il eut boutonné les deux boutons de la musette, la jeune fille écoutait encore.

— Que vais-je répondre, dit-elle gravement, si le père demande après vous, tout à l'heure ? Le voilà qui pousse la porte de la grange.

Jean Nesmy toucha de la main son feutre sans

galon et plus large que ceux du Marais ; il eut un petit rire qui découvrit ses dents, blanches comme de la miche fraîche, et dit :

— Bonsoir, Rousille ! Vous direz au père que je passe la nuit dehors, pour rapporter des vanneaux à ma bonne amie !

Il se détourna, d'un geste prompt gravit le talus, sauta dans le champ voisin, et, une seconde seulement, le canon de son fusil trembla en s'éloignant parmi les branches.

Toussaint Lumineau avait l'air soucieux, et il se taisait. Son vieux visage, mâle et tranquille, contrastait étrangement avec la figure difforme de l'aîné, Mathurin. Autrefois, ils s'étaient ressemblé. Mais, depuis le malheur dont on ne parlait jamais et qui hantait toutes les mémoires à la Fromentière, le fils n'était plus que la caricature, la copie monstrueuse et souffrante du père. La tête, volumineuse, coiffée de cheveux roux, rentrait dans les épaules, elles-mêmes relevées et épaissies. La largeur du buste, la longueur des bras et des mains dénonçaient une taille colossale, mais quand ce géant se dressait, entre ses béquilles, on voyait un torse tout tassé, tout contourné et deux jambes qui pendaient au-dessous, tordues et molles. Ce corps de lutteur se terminait par deux fuseaux atrophiés, capables au plus de le soutenir quelques secondes, et d'où la vie, peu à peu, sans répit, se retirait. Il avait à peine dépassé la trentaine, et déjà sa barbe, qu'il avait plantée jusqu'aux pommettes, grisonnait par endroits. Au milieu de cette broussaille étalée, qui rejoignait les cheveux et lui donnait un air de fauve, au-dessus des pommettes qu'un sang boueux marbrait, on découvrait deux yeux d'un bleu noir, petits, tristes, où éclatait, par moment, tout à coup, la violence exaspérée de ce condamné à mort, qui comptait chaque progrès du supplice. Une moitié de lui-même assistait, avec une colère d'impuissance, à la lente agonie de l'autre. Des rides sillonnaient le front et coupaient l'intervalle entre les sourcils. « Pauvre grand Lumineau, le plus beau fils de chez nous, ce qu'il est devenu ! » disait la mère, autrefois.

Elle avait raison de le plaindre. Six ans plus tôt, il était rentré du régiment, superbe comme il était parti. Trois ans de caserne avaient glissé, presque sans les entamer, sur sa nature toute paysanne et sauvage, sur ses rêves de labour et de moisson, sur les habitudes de croyant qu'il tenait de sa race. Le mépris inné de la ville avait tout défendu à la fois. On avait dit en le revoyant : « L'aîné des Lumineau ne ressemble pas aux autres gars, il n'a pas changé. » Or, un soir qu'il avait conduit un chargement de blé, chez le minotier de Challans, il revenait dans sa charrette vide. Près de lui, assise sur une pile de sacs, il écoutait rire une fille de Sallertaine, Félicité Gauvrit, de la Seulière, dont il voulait faire sa femme. Les chemins commençaient à s'emplir d'ombre. Les ornières se confondaient avec les touffes d'herbes. Lui cependant, tout occupé de sa bonne amie, sachant que le cheval connaissait la route, il ne tenait pas les guides, qui tombèrent et traînèrent sur le sol. Et voici qu'au moment où ils descendaient un raidillon, près de la Fromentière, le cheval, fouetté par une branche, prit le galop. La voiture, jetée d'un côté à l'autre, menaçait de verser, les roues s'enlevaient sur les talus, la fille voulait sauter. « N'aie pas peur, Félicité, laisse-moi faire ! » crie le gars. Et il se mit debout, et il s'élança en avant, pour saisir le cheval au mors et l'arrêter. Mais l'obscurité, un cahot, le malheur enfin le trompèrent : il glissa le long du harnais. Deux cris partirent ensemble, de dessus la charrette et de dessous. La roue lui avait passé sur les jambes. Quand Félicité Gauvrit put courir à lui, elle le vit qui essayait de se relever et qui ne pouvait pas. Huit mois durant, Mathurin Lumineau hurla de douleur. Puis la plainte s'éteignit ; la souffrance devint lente : mais la mort s'était mise dans ses pieds, puis dans ses genoux, et elle ne le quittait pas… À présent, il tire la moitié de son corps derrière lui ; il rampe sur ses genoux et sur ses poignets devenus énormes. Il peut encore conduire une yole à la perche, sur les canaux du Marais, mais la marche l'épuise vite. Dans un chariot de bois, comme en ont les enfants des fermes pour jouer, son père ou son frère l'emmène aux champs éloignés où la charrue les précède. Et il assiste, inutile, au travail pour lequel il était né, qu'il aime encore, désespérément, « Pauvre grand Lumineau, le plus beau fils de chez nous ! » Toute gaieté a disparu. L'âme s'est transformée comme le corps. Elle s'est fermée. Il est dur, il est soupçonneux, il est méchant. Ses frères et ses sœurs cachent leurs moindres démarches à cet homme pour qui le bonheur des autres est un défi à son mal ; ils redoutent son habileté à découvrir les projets d'amour, sa perfidie qui cherche à les rompre. Celui qui ne sera pas aimé ne veut pas qu'on aime. Il ne veut pas surtout qu'un autre prenne la place qui lui revenait de droit en sa qualité d'aîné, celle de futur maître, de successeur du père dans le commandement de la métairie. Pour cette raison il jalouse François, et plus encore André, le beau chasseur d'Afrique, le préféré du père ; il jalouse même le valet qui pourrait devenir dangereux, s'il épousait Rousille. Mathurin Lumineau dit quelquefois : « Si je guérissais ! Il me semble que je suis mieux ! » D'autres fois, une sorte de rage s'empare de lui, pendant des jours il reste muet, retiré dans les coins de la maison ou dans les étables, puis les larmes viennent et fondent sa colère. En de tels moments, un seul homme peut l'approcher : le père. Une seule chose attendrit l'infirme : voir les champs de chez lui, les labours de ses bœufs, les semailles d'où naîtront les avoines et les blés, les horizons où il a connu la vie pleine. Depuis six ans que celle-ci l'a quitté, il n'a pas reparu dans le bourg de Sallertaine, même pour ses Pâques, qu'il ne fait plus. Jamais il n'a rencontré sur sa route Félicité Gauvrit, de la Seulière. Seulement, il demande quelquefois à Éléonore : « Entends-tu raconter qu'elle se marie ? Est-elle belle toujours, comme au temps où j'avais ses amitiés ? »

Lorsque Marie-Rose entra dans la salle de la Fromentière, ce fut lui seul qu'elle regarda, à la dérobée, et il lui parut qu'il avait son mauvais rire, et qu'il avait vu ou deviné la sortie du valet.

— Voilà la soupe finie, dit le métayer. Allons, Mathurin, pique une tranche de lard avec moi !

— Non, c'est toujours la même chose, chez nous.

— Eh ! tant mieux, répondit le père, c'est bon, le lard : moi je l'aime !

Mais l'infirme, repoussant le plat et haussant les épaules, murmura :

— L'autre viande est trop chère, à présent, pas vrai ?

Toussaint Lumineau fronça le sourcil, au rappel de l'ancienne prospérité de la Fromentière, mais il dit sans se fâcher :

— En effet, mon pauvre Mathurin, l'année est dure et la dépense est grosse.

Puis voulant changer de sujet :

— Est-ce que le valet n'est pas rentré ?

Trois voix, l'une après l'autre, répondirent :

— Je ne l'ai pas vu ! Ni moi ! Ni moi !

Après un silence, pendant lequel tous les yeux se levèrent du côté de la cheminée :

— Il faut demander cela à Rousille dit Éléonore. Elle doit avoir des nouvelles.

La petite, à demi tournée vers la table, le reflet du feu dessinant sa silhouette, répondit :

— Sans doute, j'en ai. Je l'ai rencontré au tournant de la virette de chez nous : il va chasser.

— Encore ! fit le métayer. Il faudra pourtant que ça finisse ! Le garde de M. le marquis, ce soir, comme je serrais mes choux, m'a fait reproche de son braconnage.

— Est-ce qu'il n'est pas libre d'aller aux vanneaux ? demanda Rousille. Tout le monde y va !

19

Éléonore et François poussèrent un grognement de mépris, pour marquer leur hostilité contre le Boquin, l'étranger, l'ami de Rousille. Le père, rassuré par la pensée que le garde n'irait assurément pas troubler la chasse de Jean Nesmy dans le Marais, terre neutre où chacun pille, comme il lui plaît, les bandes d'oiseaux de passage, se pencha de nouveau au-dessus de l'assiette. François commençait à s'assoupir, et ne mangeait plus. L'infirme buvait lentement, les yeux vagues devant lui, songeant peut-être à la chasse qu'il avait aimée, lui aussi. Il y eut un moment de paix apparente. Le vent, par les fentes de la porte, entrait avec un sifflement doux, vent d'été, égal comme une marée. Les deux filles s'étaient assises au coin de la cheminée, pour achever de souper avec une pomme, qu'elles pelaient attentivement.

Mais l'esprit du métayer avait été mis en marche par la conversation avec le garde et par le mot qu'avait dit tout à l'heure Mathurin : « C'est trop cher à présent. »

L'ancien revoyait les années disparues, dont ses quatre enfants rassemblés là, témoins inégaux, n'avaient connu qu'une partie plus ou moins grande, suivant l'âge. Tantôt il considérait Mathurin, et tantôt François, comme s'il eût fait appel à leur mémoire de petits toucheurs de bœufs et pêcheurs d'anguilles. Il finit par dire, quand il eut l'âme trop pleine pour ne point parler :

— La campagne d'ici a tout de même bien changé, depuis les temps de M. le marquis. Te souviens-tu de lui, Mathurin ?

— Oui, répondit la voix épaisse de l'infirme, je

me souviens : un gros qui avait tout son sang dans la tête, et qui criait, en entrant chez nous : « Bonsoir, les gars ! Le papa a-t-il encore une vieille bouteille de muscadet dans le cellier ? Va la quérir Mathurin, ou toi, François ? »

— Il était tout justement comme tu dis, reprit le bonhomme avec un sourire attendri. Il buvait bien. On ne pouvait pas trouver de nobles moins fiers que les nôtres. Ils racontaient des histoires qui faisaient rire. Et puis riches, mes enfants ! Ça ne les gênait pas d'attendre leurs rentes, quand la récolte avait été mauvaise. Même, ils m'ont prêté, plus d'une fois, pour acheter des bœufs ou de la semence. C'étaient des gens vifs, par exemple ! mais avec qui on s'entendait ; tandis que leurs hommes d'affaires…

Il fit un geste violent de la main, comme s'il jetait quelqu'un à terre.

— Oui, dit l'aîné, du triste monde.

— Et mademoiselle Ambroisine ? Elle venait jouer avec toi, Éléonore, et surtout avec Rousille, car elle était, pour l'âge, entre Éléonore et Rousille. M'est avis qu'elle doit avoir vingt-cinq ans aujourd'hui… Avait-elle bon air, mon Dieu, avec ses dentelles, ses cheveux tournés comme ceux d'un saint d'église, son salut qu'elle faisait en riant, à tout le monde, quand elle passait dans Sallertaine ! Quel malheur qu'ils aient quitté le pays ! Il y en a qui ne les regrettent pas : mais, moi, je ne suis pas de ceux-là.

L'infirme secoua sa crinière fauve, et dit, de sa voix qui s'enflait à la moindre contradiction :

— Est-ce qu'ils pouvaient faire autrement ? Ils sont ruinés.

— Oh ! ruinés ! Il faudrait voir.

— Vous n'avez qu'à voir le château, fermé depuis huit ans comme une prison, qu'à écouter ce qu'on raconte. Tous leurs biens sont engagés. Le notaire ne se gêne pas de le dire. Et vous verrez que la Fromentière sera vendue, et nous avec !

— Non, Mathurin, je ne verrai pas ça, Dieu merci : je serai mort avant. Et puis nos nobles ne sont pas comme nous, mon garçon : ils ont toujours des héritages qui leur arrivent, quand ils ont un peu mangé leur fonds. Moi, j'ai meilleure espérance que toi. J'ai dans l'idée qu'un jour M. Henri rentrera dans son château, et qu'il viendra là où tu es, avec sa main tendue : « Bonjour, père Lumineau ! », et aussi mademoiselle Ambroisine, qui sera si contente d'embrasser mes filles sur les deux joues, à la maraîchine : « Bonjour, Éléonore ! Bonjour, Marie-Rose ! » Ça sera peut-être plus tôt que tu ne penses.

Les yeux levés, fixant la plaque de la cheminée, l'ancien avait l'air d'apercevoir la fille de ses maîtres entre Éléonore et Rousille. Quelque chose de l'émotion qu'il eut éprouvée, un commencement de larme mouillait ses paupières.

Mais Mathurin frappa la table de son poing, et, tournant vers le père son visage hargneux :

— Vous croyez donc qu'ils pensent à nous ? Ah ! bien non ! S'ils y pensent, c'est à la Saint-Jean ! Je parie que le garde, tantôt, vous a redemandé de payer ? Le gueux n'a que ce mot-là à la bouche.

Toussaint Lumineau se recula, sur le banc, réfléchit, et dit à voix basse :

— C'est vrai. Seulement, on ne sait pas si les maîtres lui avaient commandé de parler comme il a fait, Mathurin ! Il en invente souvent, des paroles !

— Bon ! bon ! et qu'avez-vous répondu ?

— Que je payerais à la Saint-Michel.

— Avec quoi ?

Depuis un moment, les deux filles s'étaient retirées dans la décharge, à gauche de la grande salle, et on entendait, venant de là, un bruit de vaisselle qu'on lavait et d'eau remuée. Les hommes restaient ainsi, chaque soir, entre eux, et c'était l'heure où ils traitaient les affaires d'intérêt. Le métayer avait déjà emprunté, l'année précédente, au fils aîné, la plus grosse part de l'argent qui revenait à celui-ci, dans l'héritage de la mère. Il ne pouvait donc espérer que l'assistance du cadet, mais il en doutait si peu qu'il répondit, à demi-voix pour n'être pas entendu des femmes :

— J'ai pensé que François nous aiderait.

Le cadet, que la discussion avait tiré de sa somnolence, répondit vivement :

— Ah ! mais non ! n'y comptez pas ! Ça ne se peut...

Il n'osait contredire en face, et, comme un écolier, fixait le sol entre ses jambes.

Cependant le père ne se fâcha pas. Il dit doucement :

— Je t'aurais remboursé, François, comme je rembourserai ton frère. Les années ne se ressemblent pas. La chance nous reviendra.

Et il attendait, regardant la chevelure épaisse et frisée de son fils et ce cou de jeune taureau qui dépassait à peine la table. Mais l'autre devait avoir une résolution bien arrêtée, bien réfléchie, car la voix, assourdie par les vêtements où elle se perdait, reprit :

— Père, je ne peux pas, ni Éléonore non plus. Notre argent est à nous, n'est-ce pas, et chacun est libre de s'en servir comme il veut ? Le nôtre est placé à cette heure. Qu'est-ce que ça nous fait que le marquis attende un an, puisque vous dites qu'il est si riche ?

— Ce que ça nous fait, François ?

Alors seulement la parole du père s'anima, et devint autoritaire. Il ne s'emportait pas. Il se sentait plutôt blessé, comme s'il ne reconnaissait point son sang, comme s'il constatait subitement, sans le comprendre, le grand changement qui s'était fait d'une génération à l'autre, et il dit :

— Tu ne parles pas selon mon goût, François Lumineau. Moi, je tiens à payer ce que je dois. Je n'ai jamais reçu d'eux aucune injure. Moi, et aussi ta mère, et aussi Mathurin, qui les a mieux connus que toi, nous leur avons toujours porté respect, tu entends ? Ils peuvent dépenser leur bien, ça ne nous regarde pas… Ne pas payer ? Mais, sais-tu bien qu'ils pourraient nous renvoyer de la Fromentière ?

— Bah ! fit le cadet, être ici ou ailleurs ?… Pour ce que ça nous rapporte, de cultiver la terre !

Un coup de feu retentit dans le Marais, très loin, car le bruit arriva à la Fromentière plus faible que celui d'une amorce. Toussaint Lumineau l'entendit, et, brusquement, sa pensée se reporta vers l'homme qui chassait là-bas. En même temps, derrière lui, une voix s'éleva dans la cour :

— Voilà un vanneau de tué pour la Rousille !

— Tais-toi, Mathurin ! dit le père qui, sans se détourner, avait reconnu l'infirme. Ne fais pas contre elle des contes qui me déplaisent, tu le sais bien. J'ai assez de peine, ce soir, mon ami, j'en ai assez, rapport à François.

Les béquilles, heurtant les cailloux de la cour, se rapprochèrent, et le métayer, à la hauteur de l'épaule, sentit le frôlement des cheveux de l'infirme qui se redressait le long de lui, et qui levait ta tête.

— Je ne dis que la vérité, père, reprit à voix basse l'aîné, et ce ne sont pas des contes. Ça me fait tourner le sang, de voir ce Boquin, qui courtise ma sœur pour avoir une part de notre bien, pour être le maître chez nous, lui qui n'a rien chez lui ! Il n'est que temps de le mettre à la raison.

— Est-ce que tu crois vraiment, répondit le père en se penchant un peu, qu'une fille comme Rousille écouterait mon valet ? Est-ce qu'elle a de l'amitié pour lui, Mathurin ?

Toussaint Lumineau avait la faiblesse d'ajouter foi trop facilement aux jugements et aux dénonciations de son fils aîné. Même à présent que l'espérance de l'avoir pour successeur était finie, malgré tant de preuves acquises déjà de la violence et de la méchanceté maladive de l'infirme, l'influence de celui-ci était demeurée grande sur l'esprit du père. Le métayer entendit monter ces mots comme un souffle :

— Père, ils s'aiment tous deux !

L'horreur de ce bonheur des autres avait soudainement déformé les traits de Mathurin. Toussaint Lumineau regarda la face levée vers lui et si blanche sous la lune. Il fut frappé de l'expression de souffrance qui contractait les traits du malade.

— Si vous les guettiez comme moi, continuait le fils, vous verriez qu'ils ne se parlent jamais à la maison, mais que dehors, ils s'en vont toujours par le même chemin. Moi, je les ai surpris bien des fois riant et causant, comme des galants à qui les parents ont dit oui. Vous ne le connaissez pas, ce Jean Nesmy. Il a de l'audace. Il vous fait croire qu'il aime la chasse, et je ne dis pas non. Mais l'aimer comme lui, je n'en ai pas vu d'autre. Est-ce pour son plaisir seulement qu'il va jusqu'au bout du Marais tuer un couple de vanneaux ; qu'il attrape la fièvre à piquer des anguilles avec la fouine ; qu'il passe des nuits entières dehors après avoir travaillé le jour ? Non, c'est pour Rousille, pour Rousille, pour Rousille !

La voix s'enflait, et pouvait être entendue de la maison.

— Je veillerai, mon garçon, dit le père. Ne te mets pas en peine.

— Ah ! si j'étais que vous, j'irais demain au petit jour sur le chemin du Marais, et si je les prenais ensemble…

— Assez ! interrompit le métayer. Tu ne te fais pas de bien à tant parler, Mathurin. Voilà Lionore qui te cherche.

La fille aînée s'avançait, en effet, derrière eux. Comme d'habitude, elle venait pour aider Mathurin, qui remontait difficilement les marches du seuil, et pour délacer les chaussures qu'il avait du mal à quitter. Dès qu'elle lui eut touché le bras, il la suivit. Le bruit de béquilles et de pas mêlés s'éloigna. Le père demeura seul.

— Allons, songea-t-il tout haut, si cela est vrai, je ne permettrai pas qu'on en rie longtemps dans le Marais !

Il aspira un grand coup d'air, comme s'il buvait une lampée de vin clairet, puis, voulant s'assurer que Rousille n'était pas sortie, il rentra dans la maison par la porte du milieu, qui était celle de la chambre des filles. À l'intérieur, l'obscurité était grande. À peine un reflet de lune sur les cinq armoires en bois ciré qui ornaient l'appartement toujours propre et bien en ordre d'Éléonore et de Rousille. Le métayer, à tâtons, fit le tour de la grosse armoire de noyer qui avait été la dot de sa mère ; il traversa la pièce ; il allait entrer dans la décharge qui communiquait avec la salle où il couchait avec Mathurin, lorsque, derrière lui, à l'angle d'un lit, une ombre se leva :

— Père ?

Il s'arrêta.

— C'est toi, Rousille ? Tu te couches ?

— Non, je vous ai attendu. Je voulais vous dire quelque chose…

Ils étaient séparés par toute la longueur de la chambre. Ils ne se voyaient pas.

— Puisque François ne peut pas vous donner son argent, j'ai pensé que je vous donnerais le mien.

Le métayer répondit durement :

— Tu n'as donc pas peur que je ne te le rende pas ?

La voix jeune, comme découragée par l'accueil et arrêtée dans l'élan, reprit en balbutiant :

— J'irai demain le chercher... Il est chez le neveu de la Michelonne... j'irai, pour sûr, et après demain vous l'aurez.

---

1. Chaintre, cheintre [n. m.] : Bout ou limite du champ où le laboureur tourne la charrue. Patois romand *tsintre*, « bordure de terrain, mauvais pré », vieux français *chainte ou chaintre*, « extrémité d'un terrain labouré destiné à permettre aux animaux attelés à la charrue de faire demi-tour ». Par analogie, « chemin à l'extrémité d'une terre, à la lisière d'un bois ». Peut-être du latin *cinctura*, « ceinture ».
2. Petit canot très léger, à rames ou à voiles, à faible tirant d'eau.
3. Petite voie, sentier de peu de largeur.

2

LE VERGER CLOS

Toussaint Lumineau et le valet furent bientôt dans le réduit encombré de barriques vides, de paniers, de pelles et de pioches, qui avait servi de chambre, depuis longtemps, aux domestiques de la Fromentière. Le maître s'assit sur le coin du lit, tout au fond. Son expression n'avait pas changé. C'était la même physionomie, paternelle et digne, où se mêlaient le regret de se séparer d'un bon serviteur, et l'énergique résolution de ne point souffrir une atteinte à son autorité, une injure à son rang. Il s'accouda sur une vieille futaille, encore marquée de coulures de suif, et où le soir Jean Nesmy posait sa chandelle. Sa tête se releva, lentement, dans le jour qui venait par la porte ouverte, et il parla enfin au jeune homme qui avait quitté son chapeau, et demeurait debout dans le milieu de la petite pièce.

— Je t'avais gagé pour quarante pistoles, dit-il.

Tu as reçu ton dû à la Saint-Jean. Combien reste-t-il à te payer aujourd'hui ?

Le gars s'absorba, comptant et recomptant avec ses doigts sur la toile de sa blouse. Les veines de son front se tendaient sous l'effort de l'esprit. Il avait le regard fixé sur le sol, et aucune autre idée ne traversait l'opération compliquée de ce rural calculant le prix de son travail.

Pendant ce temps, le métayer se remémorait l'histoire brève de ce Boquin, venu par hasard dans le Marais, pour y chercher de la cendre de bouse, dont les Vendéens se servent comme engrais, embauché au passage et rapidement accoutumé en ce pays nouveau ; les trois années que l'étranger avait vécues sous le toit de la Fromentière, un an avant le service militaire et deux ans depuis, années de rude et vaillant labeur, d'honnête conduite, sans un reproche grave, de résignation étonnante, malgré l'hostilité des fils, qui avait commencé dès le premier jour et n'avait jamais désarmé.

— Ça doit faire quatre-vingt-quinze francs, dit Jean Nesmy.

— C'est aussi mon compte, dit le métayer. Tiens, voilà l'argent. Regarde s'il n'y manque rien.

De la poche de sa veste, où, d'avance, il avait mis la somme qu'il devait, Toussaint Lumineau tira une pile de pièces d'argent, qu'il jeta sur le fond de la barrique.

— Prends, mon gars !

L'autre, sans y toucher, se recula.

— Vous ne voulez plus de moi à la Fromentière ?

— Non, mon gars, tu vas partir.

La voix s'attendrit, et continua :

— Je ne te renvoie pas parce que tu es fainéant. Et même, quoique ça m'ait causé de l'ennui, je ne t'en veux pas d'aimer trop la chasse. Tu m'as bien servi. Seulement, ma fille est à moi, Jean Nesmy, et je ne t'ai pas accordé avec Rousille.

— Si c'est son goût, et si c'est le mien, maître Lumineau ?

— Tu n'es pas de chez nous, mon pauvre gars. Qu'un Boquin se marie avec une fille comme Rousille, ça ne se peut, tu le sais : tu aurais mieux fait d'y penser avant.

Jean Nesmy, pour la première fois, ferma à demi les yeux, et il devint plus pâle, et ses lèvres s'abaissèrent aux coins comme s'il allait pleurer.

Il reprit, d'une voix toute basse :

— J'attendrais tant qu'il vous plairait pour l'avoir. Elle est jeune et moi aussi. Dites seulement le temps, et je dirai oui.

Mais le métayer répondit :

— Non, ça ne se peut. Il faut t'en aller.

Le valet tressaillait de tout le corps. Il hésita un moment, les sourcils froncés, le regard attaché à terre. Puis il se décida à ne pas dire sa pensée : « Je n'y renonce pas. Je reviendrai. Je l'aurai. » Comme ceux de sa race taciturne, il renferma son secret, et, ramassant l'argent, il le compta, en laissant tomber les pièces une à une, dans sa poche. Puis, sans ajouter un mot, comme si le métayer n'eût plus existé pour lui, il se mit à rassembler les quelques vêtements et le peu de linge qui étaient à lui. Tout pouvait tenir dans sa blouse bleue qu'il noua par les manches au canon de son fusil, moins une paire de bottes qu'il pendit avec une ficelle. Quand il eut fini, levant son chapeau, il prit la porte.

Dehors, il faisait grand soleil. Jean Nesmy marchait lentement. La volonté hardie qui était en ce frêle garçon lui tenait la tête haute, et il regardait du côté de la maison, cherchant Rousille aux fenêtres. Il ne la vit point. Alors, au milieu de ce grand carré vide, lui le valet, lui le chassé, lui qui n'avait plus qu'un instant à demeurer à la Fromentière, il appela :

— Rousille !

Une coiffe aiguë dépassa l'angle du portail. Marie-Rose s'échappa de son abri. Elle s'élança, la figure toute baignée de larmes. Mais presque aussitôt elle s'arrêta, intimidée par la vue de son père qui venait d'apparaître sur le seuil de la chambre, saisie de peur parce qu'un cri s'élevait du même côté de la cour, à cinquante pas de là, et faisait se détourner Jean Nesmy :

— Dannion !

Une apparition monstrueuse sortait de l'étable. L'infirme, tête nue, les yeux hagards, agité d'une colère impuissante, accourait. Les bras raidis sur ses béquilles, son torse énorme secoué par les cahots et par ses grognements de bête furieuse, la bouche ouverte, il répétait le vieux cri de haine contre l'étranger, l'injure que les enfants du Marais jettent au damné du Bocage :

— Dannion ! Dannion saraillon ! Sauve-toi !

Lancé avec une vitesse qui disait la violence de

la passion et la force de l'homme, il approchait. Toute la haine qu'il avait au cœur, toute la jalousie qui le torturait et toute la souffrance de l'effort rendaient effrayante cette face convulsée, projetée en avant par secousses. Et l'être puissant qu'eût été cet estropié sans le malheur d'autrefois, se reconstituait dans l'imagination, et donnait le frisson.

Quand elle le vit tout près du valet, Rousille eut peur pour celui qu'elle aimait. Elle courut à Jean Nesmy, elle lui mit les deux mains sur le bras, et elle l'entraîna en arrière, du côté du chemin. Et Jean Nesmy, à cause d'elle, se mit à reculer, lentement, tandis que l'infirme, devenu plus furieux, l'insultait et criait :

— Laisse ma sœur, Dannion !

La voix du métayer s'éleva, au fond de la cour :

— Arrête ici, Mathurin, et toi, Nesmy, laisse ma fille !

Il s'avançait, en parlant, mais sans hâte, comme un homme qui ne veut pas compromettre sa dignité. L'infirme s'arrêta, écarta ses béquilles et s'affaissa, épuisé, sur les cailloux. Mais Jean Nesmy continua de reculer. Il avait mis sa main dans celle de Rousille. Ils furent bientôt entre les piliers du portail, où s'encadrait la clarté du matin. Au delà commençait le chemin. Le valet se pencha vers Rousille, et la baisa sur la joue.

— Adieu, ma Rousille ! dit-il.

Elle s'enfuit à travers la cour, les mains sur les tempes, pleurant sans se retourner. Et lui, l'ayant vue disparaître au coin de la maison, du côté de l'aire, cria :

— Mathurin Lumineau, je reviendrai !

— Essaye ! répondit l'infirme.

Le valet de la Fromentière commençait à monter le chemin qui passait devant la métairie. Il allait péniblement, comme brisé de fatigue, tout brun dans son vêtement d'affût. Au bout de son fusil il n'avait qu'une veste, une blouse, trois chemises, deux appeaux de buis pour les cailles, qui s'entre-choquaient comme des noix, choses légères, qu'il sentait pesantes. L'effroi de son retour subit à l'état de journalier quêteur de pain l'avait saisi pendant qu'il nouait ses hardes. Il pensait déjà à l'accueil de la mère qui allait le voir entrer, toute transie. À chaque pas il s'arrachait aussi à quelque chose qu'il aimait, parce qu'il avait vécu trois ans dans cette Fromentière. L'âme était lourde de souvenirs, et il allait lentement, ne regardant rien, et voyant tout. Les arbres qu'il frôlait, il les avait émondés de sa serpe ou battus de son fouet ; les terres, il les avait labourées et moissonnées ; les jachères, il savait en quoi elles seraient ensemencées demain.

Lorsqu'il fut en arrière de la ferme, sur le renflement de la route où étaient jadis quatre moulins qui ne sont plus que deux, il osa se retourner pour souffrir un peu plus. Il considéra la plaine du Marais, inondée de lumière, où les roseaux séchés par l'automne mettaient un cercle d'or autour des prés ; quelques métairies reconnaissables à leur panache de peupliers, îles habitées de ce désert, où il laissait des amis et de bonnes heures dont on se souvient dans la peine ; il parcourut du regard les maisons pressées de Sallertaine, et l'église qui les domine, paroisse des dimanches finis ; puis il arrêta son âme sur la Fromentière, comme plane un oiseau, les ailes grandes. De la hauteur où il était, il apercevait les moindres détails de la métairie. Une à une il compta les fenêtres, il compta les portes et les virettes, et les traînes autour des champs, où le soir, depuis deux ans surtout, il ne manquait guère de chanter en ramenant ses bœufs. Quand il revit le verger clos, tout au loin, large comme une cosse de pois, il se détourna vite. Et son pied heurta, sur la route, une bête toisonnée, qui s'était couchée là, silencieusement.

— C'est toi, Bas-Rouge ? dit le valet. Mon pauvre chien, tu ne peux pas me suivre où je vais.

En marchant, il passait la main sur le front du chien, entre les deux oreilles, à l'endroit que Rousille aimait à caresser. Après vingt pas, il dit encore :

— Faut t'en aller, Bas-Rouge : je ne suis plus d'avec vous !

Bas-Rouge fit encore une petite trotte auprès du valet. Mais, quand il arriva à la dernière haie de la Fromentière, il s'arrêta, en effet, et revint seul.

3

CHEZ LES MICHELONNE

Il était près d'une heure. L'air chaud, mêlé de brume, tremblait sur les prés. Rousille allait vite. Voici le grand canal, uni comme un miroir ; voici le pont jeté sur l'étier, et la route qui tourne et, aux deux bords, les maisons du bourg, toutes blanchies à la chaux, avec leurs vergers en arrière, penchés vers le Marais. Rousille hâte encore le pas. Elle a peur d'être appelée et obligée de s'arrêter, car les Lumineau connaissent tout le monde dans le pays. Mais les bonnes gens font méridienne, ou bien ils saluent de loin, sans sortir de l'ombre : « Bonjour, petite ! Eh ! comme tu vas ! — Je suis pressée : il y a des jours comme ça ! — Faut croire ! » disent-ils. Et elle passe. Elle arrive sur la place longue, qui va se rétrécissant jusqu'à l'église. Maintenant elle ne regarde plus que la chétive habitation posée à l'endroit le plus étroit, là-bas, en face de la porte latérale par où, le dimanche, entrent les fidèles. C'est tout petit :

une fenêtre sur la place, une autre sur une ruelle descendante, un perron d'angle de trois marches. C'est très ancien, bâti sous la volée des cloches, sous l'ombre du clocher, le plus près possible de Dieu. Les Michelonne ont toujours demeuré là. Rousille les devine derrière les murs. Un demi-sourire, une lueur d'espoir traverse ses yeux tristes. Elle gravit les trois marches, et s'arrête pour reprendre haleine.

Lorsque Marie-Rose entra, elles ne se levèrent pas, mais elles dirent ensemble, Adélaïde près de la fenêtre et Véronique un peu plus loin :

— C'est toi, petite Lumineau ! Bonjour, ma belle !

— Assieds-toi, dit Adélaïde, car tu as l'air tout essoufflée.

— Tu n'es pas malade, au moins ? dit Véronique. Tes yeux sont grands comme ceux de la fièvre ?

— Merci, mes tantes, répondit Marie-Rose, — elle les appelait « mes tantes » à cause d'une parenté extrêmement difficile à établir, mais surtout à cause de leur bonté, — j'ai marché vite, et c'est vrai que je suis lasse. Je viens pour l'argent.

Les deux sœurs échangèrent un regard de côté, riant déjà à la pensée des noces prochaines, et l'aînée, Adélaïde, passant son aiguille sur ses lèvres, comme pour les dérider, demanda :

— Tu te maries donc ?

— Oh ! que non ! répondit Marie-Rose. Je me marierai comme vous, mes tantes, avec mon banc d'église et mon chapelet. C'est pour le père, qui n'a pas de quoi payer le fermage. On est en retard.

Et comme, en parlant, elle ne regardait pas les yeux de ses vieilles amies, mais bien le sombre de la chambre, quelque part vers les lits qui se suivaient le long du mur, les Michelonne hochèrent la tête, pour se communiquer leur impression, qu'il y avait quelque chose de nouveau tout de même dans la vie de Rousille. Mais les Michelonne étaient plus polies encore que curieuses. Elles réservèrent leur pensée pour les longues heures de causerie à deux, et Adélaïde, rejetant la cape à demi ouvrée, joignant ses mains noueuses et blanches comme des ossements, penchant sa taille toute plate, reprit gaiement :

— Vois-tu, ma belle, tu arrives bien ! Je t'ai pris à bail ton argent pour obliger mon neveu, qui a des juments dans le Marais, comme tu sais, et des jolies. Il est malin pour plusieurs, ce grand Francis. N'a-t-il pas vendu hier, justement, pour un si gros prix qu'il ne veut pas le dire, sa pouliche gris pommelé, qui courait comme un vanneau fou, et que tous les marchands et tous les dannions chérissaient de l'œil, en passant sur les prés ! Pour rendre un bon morceau de la somme, il ne sera guère gêné, tu comprends. Combien veux-tu ?

— Cent vingt pistoles.

— Tu les auras. C'est-il pressé ?

— Oui, tante Adélaïde. Je les ai promises pour demain.

— Alors, Véronique, ma fille, si tu allais chez le neveu ? La cape attendra bien une heure.

La cadette se leva aussitôt, et elle était si petite debout, qu'elle ne dépassait pas la tête de Marie-Rose assise. Prestement, elle secoua son tablier noir, sur lequel des bouts de fil s'étaient collés, embrassa la nièce sur les deux joues :

— Adieu, Rousille ! Demain tu n'auras qu'à revenir ici, ton argent y sera avec nous.

Dans la paix du bourg assoupi, on entendit descendre, le long de la ruelle, le pas glissant de Véronique.

Celle-ci n'avait pas plutôt disparu, qu'Adélaïde se rapprocha de Marie-Rose, et, pointant sur elle ses yeux toujours indulgents et clairs, mais dont les paupières, en ce moment, battaient d'inquiétude :

— Petite, dit-elle vivement, tu as du chagrin ? Tu as pleuré ? Tiens ! tu pleures encore !

La main ridée saisit la main rose de l'enfant.

— Qu'as-tu, ma Rousille ? Dis-moi comme à ta mère : j'ai de son cœur pour toi.

Marie-Rose retenait ses larmes. Elle ne voulait pas pleurer, puisqu'elle pouvait parler. Frissonnante au contact de la main qui touchait la sienne, les yeux brillants, ferme de visage, comme si elle s'adressait à tous les ennemis devant lesquels elle s'était tue :

— Ils ont renvoyé Jean Nesmy ! dit-elle en se levant.

— Lui, ma chère ? un si bon travailleur ! Comment ont-ils fait cela ?

— Parce que je l'aime, tante Michelonne ! Ils l'ont chassé ce matin. Et ils croient que tout sera fini entre nous parce que je ne le verrai plus. Ah ! mais non ! Ils ne connaissent donc pas les filles d'ici ?

— Bien dit, Maraîchine ! fit la Michelonne.

— Je leur donnerai tout mon argent, oui, je

veux bien. Mais mon amitié, où je l'ai mise, je la laisserai. Elle est jurée comme mon baptême. Je n'ai pas peur de la misère ; je n'ai pas peur qu'il m'oublie. Le jour où il reviendra, car il a promis de revenir, j'irai au-devant de lui. Personne ne m'en empêchera. Quand il y aurait le Marais à traverser en yole, et de la neige, et de la glace, et toutes les filles du bourg pour rire de moi, et mon père et mes frères pour me le défendre, j'irai !

Debout, irritée, elle jetait son amour et sa rancune aux murs de cette chambre déshabituée d'entendre des paroles à voix haute. Elle parlait pour elle-même, pour elle seule, parce qu'elle souffrait. Elle regardait devant elle, vaguement, sans s'occuper de la Michelonne. Celle-ci, pourtant s'était levée ; elle écoutait, tout son corps agité et soulevé, si bien prise aux paroles de Rousille, si bien emportée au dehors de son cercle restreint de pensées, que toute la paix avait disparu de son visage, et qu'une femme se retrouvait sous la vieille fille opprimée par la vie, une femme qui se souvenait et qui rajeunissait pour souffrir avec l'autre.

— Tu as raison, petite ; je t'approuve ; aime-le bien !

Rousille, à ce mot, baissa les yeux vers la Michelonne, et elle eut la révélation d'un être qu'elle ne connaissait pas. Le regard avait une flamme ; les pauvres bras, perclus de rhumatismes, se tendaient vers Rousille et tremblaient d'émotion.

— Oui, aime-le bien ! Ton bonheur est avec lui. Laisse faire le temps, mais ne cède pas, ma Rousille, parce que j'en connais d'autres qui ont refusé de se marier, dans leur jeunesse, pour plaire à leur père, et qui ont eu tant de peine, par la suite, à tuer leur cœur ! Ne vis pas seule, car c'est pire que la mort. Ton Nesmy, je le connais. Ton Nesmy et toi, vous êtes de vrais terriens, comme la campagne n'en a plus guère. Et si la vieille tante Adélaïde peut te servir, te défendre, te donner ce qu'elle a pour t'établir, viens me trouver, ma fille, viens !

Elle tenait maintenant Rousille embrassée, courbée sur son corsage noir. Et Rousille se laissait aller aux larmes, sur l'épaule de la Michelonne, à présent qu'elle avait tout dit.

La chambre fut un moment silencieuse comme le village tout entier, sous la lourde chaleur. Puis la Michelonne se dégagea doucement de l'étreinte de l'enfant, et s'approcha de la fenêtre, mais sans qu'on pût la voir du dehors. Un coin du Marais s'encadrait vers l'ouest, entre deux toits voisins, un angle dont les lignes fuyaient à l'infini dans l'herbe rousse.

— N'est-ce pas, demanda-t-elle à voix basse, c'est Mathurin qui t'a dénoncée ?

— Oui, tout le jour il m'espionnait.

— Il est jaloux, vois-tu ! Il t'en veut.

— De quoi, le malheureux !

— D'être jeune, ma pauvre ; il est jaloux de tous ceux qui pourraient prendre la place qui lui revenait, de François, d'André, de toi. Il est comme un damné, quand il entend dire qu'un autre conduira la ferme du père. Veux-tu que je te dise tout ?

Sa main frêle se leva, et montra les lointains de Marais où des peupliers, aussi menus que des brins d'avoine, rayaient par place le ciel.

— Eh bien, il pense encore à celle de la Seulière !

— Pauvre frère, dit Rousille en remuant la tête, s'il y pense encore, elle se moque bien de lui !

— Innocente ! reprit la vieille tout à fait bas. Je sais ce que je sais. Défie-toi de Mathurin, parce qu'il a bu trop d'amour pour oublier. Défie-toi de Félicité Gauvrit, parce qu'elle enrage d'être métayère et que les épouseurs ne viennent plus.

Rousille allait répondre. La Michelonne lui fit signe de se taire. Elle entendait un pas dans la ruelle. Vite, elle essuya ses yeux, elle se rassit, elle ramassa l'ouvrage, comme une petite fille surprise en faute par sa mère. Des sabots claquèrent au pied du mur, dépassèrent le perron d'angle, tournèrent vers le bas de la place.

Ce n'était pas Véronique.

Marie-Rose s'était reculée. Elle considérait son unique amie, vieille, usée, craintive, mais dont le cœur était encore jeune. Et elle ne songea plus à ce qu'elle voulait répondre. Et elle dit simplement :

— Adieu, tante Michelonne. Si j'ai besoin d'aide, je sais où aller.

— Adieu, petite ! Défie-toi de Mathurin ! Défie-toi de celle de là-bas !

Elles ne se parlèrent plus que par leurs yeux qui ne se quittaient pas. Rousille se retirait à reculons. Bientôt la porte s'ouvrit ; le loquet retomba : il ne resta plus dans la chambre qu'une vieille pliée bien bas, qui s'efforçait de coudre dans le drap noir, et qui ne voyait plus son aiguille.

4

LE PREMIER LABOUR DE SEPTEMBRE

Il était presque gai, le métayer de la Fromentière. Les enfants pensèrent qu'il avait l'esprit vers Driot, dont il disait le nom, maintenant, plus de dix fois le jour. Mais ce n'était que le premier labour de la saison qui le rendait content.

Un quart d'heure plus tard, le père se passa autour du corps la sangle attachée à l'étroite caisse de bois où l'infirme était assis, et, comme on hale un bateau, il tira la charrette. Les bœufs marchaient devant, conduits par François. Ils montèrent par le chemin où les pas de Jean Nesmy étaient encore marqués dans la poussière. C'étaient quatre bœufs superbes précédés par une jument grise, Noblet, Cavalier, Paladin et Matelot, tous de même robe fauve, avec des cornes évasées, l'échine haute, l'allure lente et souple. Traînant sans peine la charrue dont le soc était relevé, ils gravissaient la pente, et quand une pousse de ronce, tendue en travers de la route, tentait leur mufle baveux, ils ralentissaient ensemble l'effort, et la chaîne de fer qui liait le premier couple au timon touchait terre et sonnait. François, le long de leurs flancs, s'en allait, tout sombre. Une pensée l'occupait, qui n'était point celle du travail quotidien.

Ceux qui venaient derrière lui, le métayer et l'infirme, ne parlaient pas davantage. Mais leur esprit demeurait enfermé dans l'horizon qu'ils traversaient. Ils inspectaient avec le même amour tranquille les fossés, les barrières, les coins de champ aperçus au passage ; ils réfléchissaient aux mêmes choses simples et anciennes, et en eux la méditation était le signe de la vocation, la marque du glorieux état de ceux qui font vivre le monde. Quand ils furent arrivés en haut de la butte, dans la pièce de la Cailleterie, le père aida Mathurin à sortir de la voiture, et l'infirme s'assit au pied d'un cormier dont les branches faisaient une ombre fine sur le talus. Devant eux, la jachère descendait en courbe régulière, hérissée d'herbes sèches et de fougères. Quatre haies dessinaient et fermaient le rectangle. Par-dessus celle du bas, on voyait les profondeurs du Marais, comme une plaine bleue sans divisions. Et le père, ayant fait sauter la cheville qui retenait le soc, rangea lui-même la charrue près de la haie de gauche, et la mit en bonne place.

— Reste là au chaud, dit-il à Mathurin. Toi, François, conduis bien droit tes bœufs. C'est un beau jour de labour. Ohé ! Noblet, Cavalier, Paladin, Matelot !

Un coup de fouet fit plier les reins à la jument

de flèche ; les quatre bœufs baissèrent les cornes et tendirent les jarrets ; le soc, avec un bruit de faux qu'on aiguise, s'enfonça ; la terre s'ouvrit, brune, formant un haut remblai qui se brisait en montant et croulait sur lui-même, comme les eaux divisées par l'étrave d'un navire. Les bonnes bêtes allaient droit et sagement. Sous leur peau plissée d'un frémissement régulier, les muscles se mouvaient sans plus de travail apparent que si elles eussent tiré une charrette vide sur une route unie. Les herbes se couchaient, déracinées : trèfles, folles avoines, plantains, phléoles, pimprenelles, lotiers à fleurs jaunes déjà mêlées de gousses brunes, fougères qui s'appuyaient sur leurs palmes pliées, comme de jeunes chênes abattus. Une vapeur sortait du sol frais surpris par la chaleur du jour. En avant, sous le pied des animaux, une poussière s'élevait. L'attelage s'avançait dans une auréole rousse que traversaient les mouches. Et Mathurin, à l'ombre du cormier, regardait descendre avec envie le père, le frère, la jument grise, et les quatre bœufs de chez lui dont la croupe diminuait sur la pente.

— François, disait le métayer, réjoui de sentir battre dans ses mains les bras de la charrue, François, prends garde à Noblet qui mollit ! Touche Matelot !… La jument gagne à gauche !… Veille, mon gars, tu as l'air endormi !

Le cadet, en effet, ne prenait aucun goût à conduire le harnais. Il songeait qu'il fallait parler, et la peur de commencer lui tenait le front baissé. Ils tournèrent au bas du champ, et remontèrent, traçant un second sillon près du premier. Les cornes des bœufs, l'aiguillon de François, commencèrent à reparaître au ras des herbes qu'observait Mathurin. Celui-ci, pour saluer le retour du harnais, se mit à « noter », à chanter, de toute sa voix, la lente mélopée que chacun varie et termine comme il veut. Les notes s'envolaient, puissantes, avec des fioritures d'un art ancien comme le labour même. Elles soutenaient le pas des bêtes qui en connaissaient le rythme ; elles accompagnaient la plainte des roues sur les moyeux ; elles s'en allaient au loin, par-dessus les haies, apprendre à ceux de la paroisse qui travaillaient dehors que la charrue soulevait enfin la jachère, dans la Cailleterie des Lumineau. Elles réjouissaient aussi le cœur du métayer. Mais François demeurait sombre.

Quand l'attelage atteignit l'ombre du cormier :
— Père, dit Mathurin, vous ferez bien de replanter notre vigne qui s'en va. Dès que Driot sera là, faudra nous y mettre. Qu'en dites-vous ?

Car il avait toujours l'esprit en songerie vers l'avenir de la Fromentière.

Le métayer arrêta les bœufs, leva son chapeau, et ses cheveux apparurent tout fumants. Il sourit de contentement.

— Tu as de jolies idées, Mathurin ; si le grain pousse bien dans la Cailleterie, foi de Lumineau, j'achète du plant pour la vigne… J'ai espoir dans notre labour d'aujourd'hui… Allons, cadet, range le harnais… Ménage la jument qui a chaud, flatte-la un peu, tiens-toi dans sa vue pour qu'elle aille plus sagement.

L'attelage repartit. Une lumière ardente et

voilée enveloppait bêtes et gens. Tous les flancs battaient. Les mouches criblaient l'air. Des tourterelles, gorgées de remberge[1], se posaient dans les ormes, fuyant les chaumes embrasés.

Comme l'infirme ne chantait plus, le métayer dit, vers la moitié du champ :

— À ton tour de noter, François ! Chante, mon garçon, ça t'éjouira le cœur.

Le jeune homme continua une dizaine de pas, puis il essaya de noter : « Oh ! oh ! les valets, oh ! oh ! oh ! » Sa voix, qu'il avait plus haute que Mathurin, fit dresser l'oreille des bœufs, et s'en alla tremblante. Mais, tout à coup, elle s'arrêta, brisée par la peur dont il n'était pas maître. Il se raidit, leva le menton vers le Marais, s'efforça encore de chanter, et trois notes jaillirent. Puis un sanglot termina la chanson, et rouge de honte, le gars se remit à marcher en silence, le visage tourné vers la jachère, devant le vieux métayer qui, par-dessus la croupe des bœufs, le regardait.

Pas un mot ne fut dit, de part ni d'autre, tant que le père n'eut pas achevé le sillon. Alors, au bas du champ, Toussaint Lumineau demanda, troublé jusqu'au fond de l'âme :

— Tu as du nouveau, François, qu'y a-t-il donc ?

Ils étaient à trois pas de distance, le père au ras de la haie, le fils de l'autre côté de l'attelage, à la tête des premiers bœufs.

— Il y a père, que je m'en vais !

— Que dis-tu, François ?... Le chaud du jour t'a touché l'esprit... Tu es malade ?...

Mais il reconnut aussitôt, à l'expression des yeux de son fils, qu'il se trompait, et qu'il y avait bien autre chose qu'un malaise : un malheur, François s'était décidé à parler. Une main passée sur l'échine de Noblet, comme pour se retenir, si nerveux et enfiévré qu'il fléchissait sur ses jambes, le regard dur et insolent, il cria :

— J'en ai assez ! C'est fini !

— Assez de quoi, mon gars ?

— Je ne veux plus remuer la terre, je ne veux plus soigner les bêtes, je ne veux plus m'éreinter, à vingt-sept ans, pour gagner de l'argent qui passe à payer la ferme : voilà ! Je veux être mon maître et gagner pour moi. Ils m'ont accepté dans les chemins de fer. Je commence demain ; demain, vous entendez ?

Il élevait la voix dans une sorte de rage :

— Je suis nommé. Ce n'est pas à faire. C'est fait. J'emmène avec moi Éléonore, qui fera mon ménage. Elle vient avec moi à la Roche. Elle en a assez, elle aussi. Elle a trouvé une bonne place, un débit où elle gagnera plus que chez vous. Au moins, elle pourra se marier… Et on n'est pas de mauvais enfants pour ça. N'allez pas le dire ! Ne faites pas la figure que vous faites !… On a accompli notre temps chez vous, mon père ! On a patienté jusqu'au retour d'André… À présent qu'il revient, il peut bien vous aider, lui : c'est son tour !

Le métayer était resté étourdi sous le coup. Il avait seulement beaucoup pâli. Ses dents serrées, touchant sa charrue d'un bras, il demeurait sans parole, les yeux fixés sur François, comme sur un être privé de raison. Les idées, lentement, avec leur douleur, lui entraient dans l'âme.

— Mon François, ce que tu dis là ne se peut. Éléonore ne s'est jamais plainte de son travail.

— Ah ! bien oui ; pas à vous !

— Toi, tu as toujours été bien aidé. Si je t'ai reproché des fois ton nonchaloir, c'est que les années sont dures pour tous. Mais, puisque je vais prendre un valet, puisque Driot nous arrive dans quinze jours, ça fera quatre hommes, avec moi qui vaux encore un peu. Tu ne pars pas, François ?

— Si.

— Où veux-tu être mieux que chez nous ? Est-ce que le pain t'a manqué ?

— Non.

— Est-ce que je t'ai refusé des habits, ou seulement de l'argent pour ton tabac ?

— Non.

— François, c'est le cœur qui t'a changé, depuis le régiment.

— Ça se peut.

— Mais tu ne veux pas t'en aller, dis ?

Le gars fouilla dans la doublure de sa veste, et tendit la lettre.

— C'est pour demain midi, fit-il ; si vous ne me croyez pas, lisez !

Par-dessus la croupe du bœuf, le père étendit le bras. Mais il tremblait si fort qu'il tâtonnait pour saisir la lettre. Puis, quand il l'eut entre les mains, dans un subit accès de révolte, au lieu de l'ouvrir, il la froissa, la tordit, la rompit en miettes, la jeta sous ses sabots, l'écrasa sur la terre molle.

— Tiens ! cria-t-il, il n'y a plus de lettre ! Iras-tu encore ?

— Ça n'empêchera rien, répondit François.

Il voulut passer devant le père et s'éloigner. Mais, sur ses épaules, une main puissante s'abattit. Une voix commanda :

— Arrête ici !

Et le fils dut s'arrêter.

— Qui t'a engagé, François ?

— Les chefs.

— Non, qui t'a conseillé ? Tu n'as pas fait ça tout seul. Il y a eu un monsieur, pour t'aider. Qui est-ce ?

Le jeune homme hésita un instant, puis, se sentant prisonnier, balbutia :

— M. Meffray.

D'une poussée, le père le fit courir sur l'herbe.

— Sauve-toi, à présent ! Attelle la Rousse à la carriole, et tout de suite ! J'y vais, moi, chez le Meffray !…

Ce fut François qui descendit le premier sur la place de Challans, près des Halles-Neuves, et attacha la jument à un anneau scellé dans un des piliers. Puis il suivit le père qui tournait par une des rues, à gauche, et s'arrêtait devant une maison étroite, neuve, bâtie en tuffeaux et en briques. Une plaque de fonte, au-dessous de la sonnette, portait : « Jules Meffray, ancien huissier, conseiller d'arrondissement. »

Le métayer sonna vigoureusement.

— Le patron est ici ? demanda-t-il à la servante qui ouvrait.

La fille considéra ce paysan qui venait chez son maître en vêtements de travail tachés de boue, et qui n'avait pas l'air d'humeur accommodante, à en juger par le ton des paroles et par la couleur du regard. Elle répondit :

— Je crois que oui, qu'est-ce que vous lui voulez ?

— Dites-lui que c'est Toussaint Lumineau, de la Fromentière ; qu'il se dépêche, je suis pressé !

Étonnée, n'osant faire entrer Lumineau dans la salle à manger où M. Meffray recevait d'ordinaire ses clients, elle laissa le métayer et François dans le corridor tapissé de papier gris, au fond duquel l'escalier tournait. En se retirant, elle ne regardait pas François, dissimulé en arrière, honteux, mais seulement ce grand vieux, dont les épaules touchaient presque aux deux murs et qui se tenait si droit, le chapeau sur la tête, au-dessous de la lanterne en verre dépoli qu'on n'allumait jamais.

Peu d'instants après, la porte du jardin s'ouvrit ; un homme s'avança, de haute taille lui aussi, trop gros, vêtu d'un complet de flanelle blanche et coiffé d'une casquette de même étoffe. Dans sa figure rasée ses petits yeux papillotaient, gênés sans doute par la brusque diminution de la lumière. C'était M. Meffray, le grand électeur de Challans, demi-bourgeois ambitieux, animé d'une haine secrète contre les paysans, et qui, sorti de leur race, vivant à côté d'eux dans un bourg, n'avait cependant plus que l'intelligence de leurs défauts, dont il usait. Averti de la façon dont Lumineau s'était présenté, redoutant les scènes violentes, il s'arrêta près de la première marche de l'escalier, posa le coude sur la rampe, porta trois doigts à sa casquette, et dit négligemment :

— On aurait dû vous faire entrer, métayer. Mais enfin, puisque vous êtes pressé, paraît-il, nous pouvons causer ici. J'ai rendu service à votre fils, est-ce à cause de cela que vous venez ?

— Justement, dit Lumineau.

— Si je peux vous servir encore à quelque chose ?

— Je veux garder mon gars, monsieur Meffray.

— Comment le garder ?

— Oui, que vous défassiez ce que vous avez fait.

— Mais, ça dépend de lui, métayer. As-tu reçu ta lettre de convocation, François ?

— Oui, monsieur.

— Si tu désires ne pas te rendre à ton poste, mon ami, les candidats ne manquent pas pour te remplacer, tu sais. J'ai dix autres demandes que j'aurais plus de raisons d'appuyer que je n'en ai eu pour appuyer la tienne. Car, enfin, vous autres Lumineau, vous n'êtes pas avec nous dans les élections. Renonces-tu ?

— Non, monsieur.

— C'est moi qui ne veux pas qu'il parte, interrompit Toussaint Lumineau. J'ai besoin de lui à la Fromentière.

— Mais il est majeur, métayer !

— Il est mon fils, monsieur Meffray ! Il me doit son travail. Mettez-vous à ma place, à moi qui suis vieux. Je comptais sur lui pour lui laisser ma métairie, comme mon père me l'a laissée à moi. Et il s'en va. Il emmène ma fille avec lui. Je perds deux enfants, et c'est par votre faute.

— Ah ! pardon ! je n'ai pas été le trouver ; il est venu.

— Mais sans vous il ne partait pas, ni Éléonore ! Il leur a fallu des protections. Vous appelez ça un service, monsieur Meffray ? Est-ce que vous savez seulement ce qui convient à François ? L'avez-vous vu chez moi, pour croire qu'il était malheureux ? Monsieur Meffray, il faut me le rendre !

— Arrangez-vous avec votre fils ; ça ne me regarde plus.

— Vous ne voulez pas aller parler à ceux qui ont embauché mon enfant et casser le marché ?

Toussaint Lumineau s'avança d'un pas, et, élevant la voix, tendant le bras en avant pour mieux désigner l'homme :

— Alors, vous avez fait plus de mal à mon fils dans un jour que moi dans toute sa vie !

La lourde figure de M. Meffray s'empourpra.

— Va-t'en, vieux chouan ! cria-t-il. Emmène ton fils ! Devenez ce que vous pourrez. Ah ! ces paysans ! Occupez-vous d'eux, voilà comment ils vous remercient !

Le métayer n'eut pas l'air d'entendre. Il demeura immobile. Mais ses yeux eurent une lueur ardente. Du fond de son cœur douloureux, du fond de sa race catéchisée depuis des siècles, des mots de croyant montèrent à ses lèvres.

— Vous répondrez d'eux ! dit-il.

— De quoi ?

— Là où ils vont, ils se perdront tous les deux,

monsieur Meffray. Vous répondrez de leur salut éternel !

Comme étourdi par cette phrase dont il n'avait jamais entendu le son, le conseiller d'arrondissement ne répliqua pas. Il mit du temps à comprendre une idée si différente de celles qui l'occupaient toujours. Puis il jeta un regard de mépris sur le grand paysan debout à deux pas de lui, tourna sur ses talons, et, regagnant la porte du jardin, murmura :

— Sauvage, va !

Toussaint Lumineau et son fils descendirent dans la rue. Ils allèrent côte à côte, sans se parler, jusqu'à la carriole, qu'ils avaient laissée sur la place. Là, le père détacha la jument, se tint près du marchepied et dit :

— Monte, François, et retournons chez nous !

Mais le jeune homme se recula.

— Non, dit-il, c'est fini ! Vous ne me ferez pas changer. D'ailleurs, j'ai prévenu Lionore, qui doit être déjà partie de la Fromentière. Vous ne la retrouverez plus.

Il avait quitté son chapeau pour l'adieu, et, gêné, il regardait l'ancien, qui semblait près de défaillir, et qui, les yeux à moitié fermés, s'appuyait au brancard.

Sous le couvert des Halles, il n'y avait personne. Quelques femmes, dans les boutiques autour de la place, observaient négligemment les deux hommes.

Après un moment, François se rapprocha un peu. Il tendit la main, sans doute pour serrer, une dernière fois, celle du père. Mais celui-ci, l'ayant vu, se ranima ; d'un geste il lui défendit d'avancer ; puis il sauta dans la carriole, et fouailla la Rousse, qui se remit au galop.

---

1. Mercuriale annuelle. Mercuriale : Plante annuelle dicotylédone, de la famille des Euphorbiacées, souvent considérée comme une mauvaise herbe dans les champs cultivés, utilisée comme remède laxatif.

5

L'APPEL AU MAÎTRE

La séparation était accomplie. Au moment où le métayer partait, dans l'espoir de ressaisir encore ses enfants, Éléonore avait rapidement quitté l'abri de la grange où elle s'était cachée, et, malgré les supplications de Marie-Rose et de Mathurin lui-même, elle avait assemblé, courant de chambre en chambre, les quelques vêtements et le peu de linge et d'objets qui lui appartenaient. À toutes les prières de Rousille qui la suivait et la suppliait de rester, à des questions beaucoup moins émues de Mathurin, elle répondait :

— C'est François qui l'a voulu, mes amis ! Je ne sais pas si je serai heureuse, mais il est trop tard maintenant, j'ai promis.

Et elle avait une si grande crainte de voir revenir le père, qu'elle était comme folle de hâte. En peu de temps elle avait achevé son paquet, abandonné la Fromentière, gagné le chemin creux où elle attendrait, blottie derrière les haies, le passage du tramway à vapeur qui vient de Fromentine et conduit à Challans. Là, elle devait retrouver François.

Il y avait de cela plusieurs heures.

Dans l'intervalle, le père était rentré, au galop de la Rousse.

— Éléonore ? avait-il crié.

— Partie ! avait répondu Mathurin.

Alors, à demi-fou de chagrin, jetant les guides sur le dos de la bête en sueur, le métayer, sans rien expliquer, s'était dirigé à grands pas vers Sallertaine. Avait-il une dernière espérance, une idée ? Ou bien sa maison déserte lui faisait-elle peur ?

Il n'avait pas encore reparu. La nuit tombait. Une brume moite, enveloppante et douce comme la mort, couvrait les terres, et fouillait jusqu'aux fentes du sol. Dans la salle de la Fromentière, devant le feu que personne n'attisait, devant la marmite qui bouillait à peine avec un bruit de plainte, les deux seuls enfants que possédât la ferme veillaient, mais combien différents ! Rousille, nerveuse, brûlée de fièvre, ne pouvait tenir en place, et tantôt se levait de sa chaise, joignait les mains et murmurait : « Mon Dieu ! mon Dieu ! » tantôt allait jusqu'à la porte ouverte sur la nuit. Là, frissonnante, elle se penchait dans l'air trouble et mêlé d'ombre.

— Écoute ! disait-elle.

L'infirme écoutait, et disait :

— C'est le biquier de Malabrit qui ramène son troupeau.

— Écoute encore !

Des abois légers, lointains, portés dans le grand silence, venaient mourir contre les murs.

— Je ne reconnais pas la voix de Bas-Rouge, reprenait Mathurin.

Et, de quart d'heure en quart d'heure, un pas, un cri, un roulement de voiture les mettait en alerte. Qu'attendaient-ils ? Le père qui ne rentrait pas. Mais, Rousille, plus jeune, plus croyante à la vie, attendait aussi les autres, l'apparition de François ou d'Éléonore, pas des deux, de l'un seulement, — était-ce trop ? — qui se repentait et qui revenait. Que ce serait bon ! Quelle ivresse d'en revoir un ! Il semblait que l'autre aurait eu le droit de partir, si l'un des deux reprenait sa place à la maison. La petite se sentait soulevée au-dessus d'elle-même, par le devoir obscur, seule femme, seule agissante, dans l'abandon de la Fromentière.

Mathurin, assis près du feu, les pieds enveloppés dans une couverture, demeurait courbé, et la flamme rougissait sa barbe que le menton écrasait contre sa poitrine. Depuis des heures, il ne bougeait pas, il parlait le moins possible. Des larmes coulaient, par moments, le long de ses joues. D'autres fois, Rousille, en le regardant, s'étonnait de voir, dans cette physionomie absorbée par le rêve, passer une espèce de sourire qu'elle ne comprenait pas.

L'horloge sonna neuf heures.

— Mathurin, dit la jeune fille, j'ai peur qu'il ne soit arrivé malheur à notre père !

— Il raisonne de son chagrin avec le curé, peut-être, ou avec le maire.

— Je me dis ça, mais tout de même j'ai peur.

— C'est que tu n'as pas comme moi l'habitude d'attendre. Que voudrais-tu faire ?

— Aller au-devant de lui, sur la route de Sallertaine.

— Va, si tu veux.

Rousille courut aussitôt dans sa chambre, et, à cause du brouillard, prit sa cape de laine noire. Quand elle revint, pareille à une petite religieuse, elle trouva Mathurin debout. Il avait rejeté la couverture. Les béquilles étaient couchées à terre, et, par un effort de volonté, il se tenait presque droit, appuyé d'une main sur la table et de l'autre sur le dossier de la chaise. Il regarda sa sœur avec un air d'orgueil et de souffrance domptée. La sueur perlait sur son front.

— Rousille, dit-il, qu'est-ce que tu ferais, toi, si le père ne revenait pas ?

— Oh ! ne dis pas ces choses-là ! fit-elle, en se cachant les yeux avec la main. Et ne reste pas comme ça sur tes jambes, tu me fais mal !

— Eh bien ! moi, dit Mathurin gravement, je prendrais le commandement ici. Je me sens de la force. Je sens que je guérirai…

— Assieds-toi ! Assieds-toi, je t'en prie : tu vas tomber !

Mais il demeura debout tandis qu'elle gagnait la porte. À peine avait-elle franchi le seuil, qu'elle entendit cette masse humaine qui s'affaissait avec un gémissement. Elle se détourna. Elle vit que l'infirme s'était rassis sur la chaise et qu'il se serrait à deux mains la poitrine, où le cœur, sans doute, battait trop vite. Alors, sans bruit, peureuse comme une chevrette qui se lève des fougères, elle s'élança dans la cour, puis dans le chemin.

La lune naissante avait pâli la brume et l'avait diminuée. On voyait loin déjà. Dans une heure, la nuit serait claire. Marie-Rose, évitant les haies, suivait le milieu de la virette qui conduisait au verger clos, puis au bord des prés. Elle courait presque. Elle avait peur. Elle ne ralentit la marche qu'à la lisière du Marais, là où le chemin, subitement élargi comme un petit fleuve côtier, mêlait son herbe à l'herbe indéfinie. Alors, rassurée de se sentir isolée dans la lumière, elle écouta. Où était le père ? Elle espérait entendre un pas de voyageur sur la route, ou bien l'aboi du chien Bas-Rouge. Mais non : dans le paysage de brouillard et de rêve qui se formait et se déformait incessamment devant elle, parmi les clartés molles en mouvement, un seul bruit passait, le roulement lointain de la mer contre les dunes de Vendée.

Rousille avait pénétré, par la brèche, dans un champ de chaume, et de là dans une étroite bande de taillis. En mettant le pied sur le sable d'une allée, elle s'arrêta, prise de peur dans cette solitude, ressaisie également par le respect instinctif du domaine seigneurial, où les Lumineau, même aujourd'hui, n'entraient que bien rarement, de crainte de déplaire au marquis. C'était la lisière du parc. De toutes parts, devant Rousille, des pelouses montaient, éclairées par la lune, paisibles, et où dormait, en îles rondes et décroissantes, l'ombre bleue des futaies. L'avenue tournait au milieu d'elles. Tantôt dans la lumière et tantôt dans les bois, Rousille se mit à la suivre, l'œil aux aguets, le cœur battant. Elle cherchait des traces de pas sur le sable, elle essayait de voir dans l'épaisseur des fourrés. Était-ce le père, là-bas, cette forme sombre, le long des gaulis ? Non, ce n'était qu'un pieu de clôture vêtu de ronces. Partout des épines, des racines, des branches mortes, des touffes d'herbe dans les allées. Comme l'abandon avait grandi avec les années ! Plus de maîtres, plus de vie, plus rien. Rousille sentait, en avançant, s'aviver en elle la peine de la fuite d'Éléonore et de François. Eux aussi, sans doute, ils ne reviendraient pas au pays. Elle avait moins de peur et plus de chagrin… Tout à coup, au détour d'un massif de cèdres, le château surgit avec son haut corps de logis, ses tourelles d'angle, ses toits aigus, dont les girouettes, immobilisées par la rouille, marquaient le vent d'autrefois. Des chouettes en chasse enveloppaient les pignons de leur vol muet. Les fenêtres étaient closes. Sur les volets du rez-de-chaussée, on avait même cloué des voliges en croix.

Si anxieuse qu'elle fût, la jeune fille ne put se défendre de considérer un moment cette façade morne, rayée par les pluies d'hiver, grise déjà comme une ruine. Et, tandis qu'elle se tenait là, devant le perron, sur le large espace découvert où tournaient jadis les voitures, elle entendit un murmure lointain de paroles. Elle n'hésita pas : « C'est le père ! » pensa-t-elle.

Il était assis à une centaine de mètres du château, à la moitié de la courbe d'un massif de bouleaux, sur un banc que Rousille connaissait bien, et qu'on appelait, dans le pays, le banc de la marquise.

Plié en deux, la tête appuyée sur ses deux poings, il regardait le château et les futaies inégales qui dévalaient la pente vers le Marais. Rousille s'approchait de lui, en longeant le massif, et il ne la voyait pas. Elle s'approchait et elle entendait les sanglots de celui qui pleurait ses deux enfants. Elle commençait à distinguer deux mots qu'il répétait comme un refrain : « Monsieur le marquis ! monsieur le marquis ! »

Et, pendant qu'elle se hâtait, sur l'herbe qui la portait sans bruit, la petite Rousille eut l'affreuse pensée que son père était devenu fou.

Non, il ne l'était pas. La douleur, la fatigue d'errer, la faim qu'il ne sentait pas, avaient seulement exalté son esprit. N'ayant rencontré d'aide et d'appui nulle part, désespéré, il était revenu là, par instinct et par habitude, près de la porte du château où, tant de fois, il avait frappé avec assurance. Le temps avait disparu pour lui. Le métayer se plaignait tout haut au maître qui n'était plus là pour entendre : « Monsieur le marquis ! monsieur le marquis ! »

La jeune fille rejeta en arrière le capuchon qui lui couvrait la tête, et, debout, à deux pas de son père, elle dit très doucement pour ne pas l'effrayer :

— Père, c'est Rousille… Je vous cherche depuis une heure. Père, il est tard, venez !

Il tressaillit, et la regarda avec des yeux qui ne pensaient pas, et qui rêvaient encore.

— Figure-toi, répondit-il, que le marquis n'est pas là, Rousille ! Ma maison s'en va, et il ne vient pas me défendre. Il aurait dû revenir, puisque je suis dans la peine, n'est-ce pas ?

— Sans doute père, mais il ne sait pas, il est loin, à Paris.

— Les autres, Rousille, ceux de Sallertaine, ne peuvent rien pour moi, parce que ce sont des pauvres comme nous, des gens qui n'ont de commandement que sur leur métairie. J'ai été chez le maire, chez Guérineau, de la Pinçonnière, chez le Glorieux, de la Terre Aymont. Ils m'ont renvoyé avec des paroles. Mais le marquis, Rousille, quand il sera revenu ? Quand il apprendra tout ? Ce sera peut-être demain ?

— Peut-être.

— Alors, il ne voudra pas que je sois tout seul dans mon chagrin. Il m'aidera, il me rendra François ; n'est-ce pas, petite, qu'il me rendra François ?

Il parlait haut. Les mots s'en allèrent frapper la façade du château, qui les relança, plus doux, aux avenues, aux pelouses, aux futaies, où ils se perdirent. La nuit, toute pure, les écouta mourir, comme elle écoutait le frôlement des bêtes dans les buissons.

Rousille, voyant le père si troublé, s'assit près de lui, et lui parla un peu de temps, tâchant de trouver une espérance, elle qui n'en avait pas. Et, sans doute, une vertu apaisante, une force consolatrice émanait d'elle. Bientôt il se leva, de lui-même, et prit le bras de l'enfant, quand elle eut dit :

— À la maison, il y a Mathurin, mon père, qui vous attend.

Il considéra longtemps, attentivement, sa jolie

petite Rousille, toute pâlie par la fatigue et l'émotion.

— C'est vrai, répondit-il ; il y a Mathurin ; il faut y aller.

Tous deux ils repassèrent devant la façade du château ; ils s'engagèrent dans l'allée qui menait aux communs, et, de là, dans les champs de la ferme. À mesure qu'ils approchaient de la Fromentière, Rousille sentait que le métayer reprenait la pleine possession de lui-même. Quand ils furent dans la cour, elle dit, dans un élan de pitié pour l'infirme :

— Mon père, Mathurin est bien malheureux aussi. Ne lui parlez pas trop de votre peine.

Le métayer, dont le courage et la claire raison étaient ressuscités, essuya ses yeux, et, précédant Rousille, poussant la porte de la salle où l'infirme étendu songeait à côté de la chandelle presque consumée :

— Mathurin, dit-il, mon enfant, ne te fais pas trop de peine… Ils sont partis, mais notre Driot va revenir !

6

LE RETOUR DE DRIOT

Bientôt une lettre arriva, timbrée d'Alger. Elle donnait, jour par jour, les étapes du voyage. Sous les ormeaux de la Fromentière, ces mots se succédèrent à vingt-quatre heures d'intervalle, dits par l'un de ceux qui restaient et médités pieusement par les autres : « Driot doit quitter Alger en ce moment-ci. — Driot navigue sur la mer. — Driot prend le chemin de fer à Marseille. — Mes enfants, le voilà en terre de France ! »

Donc, un matin qui était le dernier samedi de septembre, Toussaint Lumineau versa double ration d'avoine à la Rousse, et tira hors de la grange le tilbury dont la caisse et les roues étaient peintes en rouge. C'était une relique de l'ancienne prospérité, ce tilbury, et on le connaissait dans toute la contrée, aussi bien que la tête ronde, les cheveux blancs, le regard clair de Toussaint Lumineau. Celui-ci, en attelant sa jument, avait la mine si réjouie que Rousille, qui ne le voyait plus rire depuis longtemps, le regardait du seuil de la maison, et qu'elle se sentait prête à pleurer, sans savoir pourquoi, comme si le printemps était réapparu. Quand il eut bouclé la dernière courroie, il passa sa belle veste à col droit, noua sur son gilet sa large ceinture bleue des dimanches, et glissa dans sa poche deux cigares d'un sou, une friandise dont il se privait, maintenant. Puis il monta dans la voiture, et, tout de suite :

— Hue, la Rousse !

Elle filait si grand train qu'un instant plus tard, sa têtière, ornée d'une rosette, avait l'air d'un coquelicot emporté par le vent, rasant les haies. Bas-Rouge était de la partie. Son maître lui avait crié, dans le chemin : « Driot qui arrive, Bas-Rouge ! Viens au-devant ! » Et la bête ébouriffée, de son petit galop de loup déhanché, avait suivi la Rousse. Ils furent bientôt tous rendus à Challans. Le métayer traversa les rues sans ralentir l'allure. Au passage, il salua la patronne de l'hôtel des Voyageurs, répondit au salut de quelques boutiquiers, en marquant bien, par le peu d'ampleur de son coup de chapeau, toute la supériorité d'un métayer sur un trafiquant, et, bien droit sur son siège, tout fier, tendant les guides, s'éloigna vers la gare, qui est à un bon kilomètre de la ville. Les gens, derrière lui, disaient : « Il va chercher son gars ! Cela se voit ! Lui qui a eu des malheurs, le voilà pourtant qui a son lot de chance ! »

Comme la Rousse était vive, Lumineau descendit de voiture dans la cour de la gare, et se tint à la tête de la jument. De là il voyait les rails fuyant vers la Roche, le chemin par où l'un de ses fils était parti, par où l'autre, tout à l'heure, allait rentrer à la Fromentière. Ce ne fut pas long. La locomotive se précipita en sifflant. Le métayer luttait encore contre la jument effrayée par le bruit, quand les premiers voyageurs sortirent : des bourgeois de Challans, des marins en congé, des marchandes de poisson venant de Saint-Gilles ou des Sables, enfin un beau chasseur d'Afrique, mince, la chéchia sur l'oreille, les moustaches blondes relevées, la musette bondée de choses, qui interrogea la cour d'un coup d'œil, eut un sourire, et accourut, les bras ouverts.

— Papa ! Ah ! quelle veine ! c'est papa !

Quelques témoins, indifférents, virent deux hommes qui s'embrassaient devant tout le monde, et se serraient à s'étouffer.

— Mon Driot ! disait le vieux. Que je suis content !

— Mais moi aussi, papa !

— Non, pas tant que moi ! Si tu savais !

— Quoi donc ?

— Je te raconterai ça. Mon Driot, que ça fait de bien de te revoir !

Ils se séparèrent. Le jeune soldat rajusta sa cravate, assura l'équilibre de sa chéchia qui tombait.

— En effet, dit-il, vous devez en avoir à me raconter, des choses, depuis le temps ? Des grandes peut-être ? Vous me direz tout peu à peu, à la Fromentière, en travaillant… Ça vaudra mieux que les lettres, n'est-ce pas ?

Il se mit à rire, en redressant sa tête blonde.

Le père n'eut que la force de sourire. Puis, se

rapprochant de la voiture, montant à gauche, montant à droite, ils grimpèrent dans le tilbury, d'un même élan, comme s'ils avaient eu le même âge.

— Laissez-moi conduire ? demanda le fils.

Il prit les guides, et fit claquer sa langue. La Rousse dressa l'oreille, se cabra, mais pour jouer, pour montrer qu'elle reconnaissait son jeune maître, et, allongeant le trot, la tête haute, les yeux en feu, elle dépassa les deux omnibus vides qui avaient coutume de lutter de vitesse en revenant à l'hôtel. Dans les rues, ceux qui avaient déjà salué le métayer, et d'autres encore, attendaient le passage des deux hommes : des lingères qui lissaient le linge en regardant dehors ; la petite modiste de Nantes, qui s'arrête au début de chaque saison pour prendre les commandes des dames de Challans ; des marchands aux portes des boutiques ; des paysans attablés dans les salles d'auberge ; tous amusés de voir un soldat ou flattés d'avoir un signe d'amitié des Lumineau. Mais la Rousse trottait si vite que le père n'avait pas le temps de se recoiffer entre deux coups de chapeau. Des mots suivaient la voiture dans le sillon d'air creusé par elle :

— C'est celui qui revient d'Afrique… Joli gars ! Ça lui va bien sa veste bleue… Et le vieux, ce qu'il est heureux !

Le métayer se serrait contre son gars reconquis. Lorsqu'ils furent au milieu de la dernière rue, le long d'une charmille qui semait des feuilles sur la route, il enfonça ses gros doigts dans sa poche, poussa le coude de Driot, pour lui faire remarquer les deux cigares d'un sou qu'il tenait entre le pouce et l'index. « Volontiers ! » dit le jeune homme. Il alluma le cigare, en ralentissant l'allure de la Rousse, puis, après quelques bouffées, comme les talus fleuris d'ajoncs, les champs pierreux, les ormeaux avec leur couronne commençaient à se montrer et l'enveloppaient de la douceur des choses connues, Driot, jusque-là un peu silencieux et fier à cause du monde, se mit à dire :

— Et tous ceux de chez nous, père, comment vont-ils ?

Un pli profond rida le front du métayer, entre les sourcils. Toussaint Lumineau se tourna un peu vers la campagne, troublé d'avoir à annoncer le malheur, et plus encore par l'appréhension de ce qu'allait penser le beau Driot.

— Mon pauvre gars, dit-il, il n'y a chez nous que Mathurin et Rousille.

— Et François, où est-il ?

— Figure-toi… Tu ne t'attends pas à ce que je vais te dire… Il a quitté la Fromentière, voilà quinze jours depuis hier, pour entrer dans les chemins de fer, à la Roche… Éléonore est partie avec lui… Il paraît qu'elle va tenir un café. Si tu crois !

— Vous les avez donc chassés ? fit le jeune homme en retirant son cigare de sa bouche et en fixant les yeux sur le père. Ils ne sont pas si fous que de vous quitter pour ça ?

Le père, en entendant ces mots-là, eut un frisson de joie : son Driot le comprenait ; son Driot était avec lui. Et il dit, le regardant :

— Non, des paresseux tous les deux, qui veulent gagner de l'argent sans rien faire… des ingrats qui laissent les vieux... Et puis, tu sais que François aime à s'amuser... Depuis le régiment, il a toujours eu le goût de la ville...

— Je le sais bien, et je comprends qu'on aime la ville, répondit André, qui toucha la Rousse de la mèche du fouet... mais graisser des roues de wagon ou servir à boire... Enfin, chacun va de son bord, en ce monde. Tant mieux s'ils réussissent... Seulement, je ne peux pas vous dire ce que ça me fait d'apprendre que François est parti. Moi qui me réjouissais tant de travailler avec lui !

Il demeura un peu de temps penché en avant, comme s'il ne faisait attention qu'aux oreilles fines de la jument, qui remuaient, puis il demanda, de sa voix caressante :

— Il y a donc de la misère chez nous, père ?

— Un peu, mon enfant. Mais il n'y en aura plus avec toi.

André ne répondit pas directement, ni tout de suite. Il cherchait à l'horizon un clocher d'ardoise et des sommets d'arbres, encore difficiles à reconnaître. Il avait le cœur déjà à la maison.

— Au moins, dit-il, Rousille nous reste ! Elle était jolie déjà, à mon dernier congé, et chatte, et décidée ! Vous ne sauriez vous imaginer combien de fois, en Afrique, j'ai pensé à elle. Je me faisais son portrait de mémoire. Est-elle toujours aussi accorte ?

— Elle n'est pas pour déplaire, dit le métayer.

— Et bonne fille, j'espère ? En voilà une qui ne s'en ira pas servir dans les auberges.

— Pour ça non.

Le beau soldat ralentissait l'allure de la jument, d'abord parce que la route allait tourner et descendre, et aussi pour mieux voir, dans le prolongement des terres en pente, le Marais de Vendée qui s'ouvrait comme un golfe. Il n'était revenu qu'une fois au pays dans ses trois années de service. Avec une émotion grandissante, il observait les îlots de peupliers et les menus toits roses perdus dans les espaces d'herbe. Son regard errait de l'un à l'autre. Ses lèvres tremblaient en les nommant. Toute autre émotion se taisait devant celle du retour.

— La Parée-du-Mont ! dit-il. Qu'est devenu l'aîné des Estus ?

— Peu de chose, mon gars : il est douanier.

— Et Guérineau, de la Pinçonnière, qui était au 32e de ligne.

— Celui-là, il a fait comme François, il conduit les tramways dans la ville de Nantes.

— Et Dominique Perrocheau, des Levrelles ?

Le métayer leva les épaules, de déplaisir, car, vraiment, c'était trop peu de chance, d'être obligé toujours de répondre : « En allé, parti, traître au Marais ! » Il dut cependant avouer :

— Tu as appris sans doute qu'il avait gagné les galons d'or à la fin de son premier congé. Alors il en a fait un second, et on lui a donné une place, je ne sais pas où, dans les écritures du gouvernement. Un tas de mauvais drôles, tous ces jeunes-là ! Des pas grand'chose, mon Driot !

— Ah ! j'aperçois la Terre Aymont ! s'écria André. Elle me paraît moins loin qu'autrefois. Je vois leur meule de foin. Dites-moi, père, il y avait là deux de mes camarades, les fils de Massonneau le Glorieux, l'un plus âgé que moi, l'autre plus jeune. Que font-ils ?

Radieux, Toussaint Lumineau répondit :

— Tous deux cultivent ! L'aîné a exempté l'autre. Ce sont de bons travailleurs qui ne craignent pas l'ouvrage. Tu les verras dimanche à la messe de Sallertaine.

Ils se turent un moment l'un et l'autre. Le chemin tournait encore, et laissait voir, à gauche, la Fromentière. D'un même mouvement, le père et le fils s'étaient dressés presque debout, et, se tenant d'une main au bord de la voiture, ils contemplaient le domaine. La Rousse trottait sans que personne s'occupât d'elle. Un sentiment tendre, noble et cruel, pâlissait le visage de Driot. La campagne accueillait son enfant. Pour lui, toute sa jeunesse éparse dans les choses s'éveillait et parlait. Il n'y avait pas une motte de terre qui ne lui criât bonjour, pas un ajonc de fossé, pas un orme ébranché qui n'eût un regard ami. Mais tout lui rappelait aussi le frère et la sœur qu'il ne retrouverait plus.

Sans distraire ses yeux de la Fromentière, il répondit, après un silence et sans nommer ceux auxquels il pensait :

— J'irai les voir à la Roche… bien sûr… Mais on n'est plus tout à fait frères quand on n'est plus pays…

Un instant après, dans la cour, il enlevait à bout de bras la petite Rousille accourue au-devant de lui ; il la regardait bien en face, jusqu'au fond des yeux, l'embrassa et la posa à terre.

— Tu es toujours la même, sœur Rousille ! C'est bien ! Un peu de peine tout de même d'avoir perdu Lionore ?

— Tu vois ça ?

— Parbleu ! Mais me voilà ! Nous tâcherons de vivre sans eux, n'est-ce pas ?

— Et moi ? dit une grosse voix.

Le soldat quitta Rousille, et se porta au-devant de Mathurin qui venait en traînant les jambes.

— Ne te dépêche pas, mon vieux ! C'est à moi de courir : j'ai de bonnes jambes !

Penché au-dessus des béquilles et caressant la tête fauve de l'aîné, André ne trouvait pas un mot de réconfort. Lui qui sortait de ces milieux militaires où tout était jeune, dispos, alerte, il ne savait plus cacher son trouble et l'espèce d'horreur que lui faisait l'infirmité de Mathurin. Cependant, pressé par le regard anxieux, le regard du patient qui demandait : « Que penses-tu de moi ? toi qui reviens, juge-moi ; pourrai-je vivre ? » il finit par dire :

— Mon pauvre vieux, je suis bien content de te revoir aussi. Alors, ça ne va pas plus mal ?

D'un coup d'épaule, l'infirme l'écarta, mécontent.

— Ça va beaucoup mieux, répondit-il, tu verras. Je marche plus facilement… Je me tiens debout comme il y a trois ans, quand j'ai cru guérir… Et, pour commencer, j'irai demain avec vous à la messe de Sallertaine.

Pour se dispenser de répondre, le soldat se détourna vers le père, qui avait dételé la Rousse et s'avançait en se dandinant, la figure épanouie, n'ayant d'yeux que pour son Driot retrouvé. L'un près de l'autre, ils se dirigèrent vers la maison, ils entrèrent. Mais c'était le métayer qui cédait le pas, lui qui suivait, en ce jour de consolation. L'enfant reconquis allait devant, souple, curieux comme à une première visite, heureux d'être regardé et écouté par les autres. Il ne s'asseyait point, et promenait de chambre en chambre son uniforme bleu et rouge, si étrange dans ce logis de semeurs de blé ; il faisait sonner ses mots pour amuser la Fromentière ; il se heurtait volontairement aux angles, pour sentir le cadre de vieilles pierres où il rentrait ; il ouvrait la huche, se taillait un morceau de pain et y mordait, en disant : « Meilleur que le pain d'Alger, mes amis ! C'est de la fournée de Rousille, pas vrai ? Il est parfait. Nous aurons une bonne métayère. »

Toujours suivi de son père, de Mathurin et de Marie-Rose, il passa de la maison dans les étables et dans les granges.

— Voilà des bœufs que je ne connaissais pas, dit-il.

— Non, mon garçon, je les ai achetés, l'hiver passé, à la foire de Beauvoir.

— Eh bien ! je parie qu'à leur figure je devine leur nom ! Celui-ci, le jaune, qui n'a pas l'air brave, c'est Noblet, et son compagnon, le petit roux, c'est Matelot ?

— Tout juste ! fit le père.

— Pour les autres, nos vieux bœufs, ils n'ont pas changé, sauf qu'ils ont pris de la force et de la corne. La charrue, avec eux, doit bien mordre. Bonjour, Paladin ! Bonjour, Cavalier !

Les bonnes bêtes, couchées dans leur fumier, entendant cette voix jeune qui leur parlait, allongeaient la tête, et, de leurs yeux songeurs, suivaient André.

Un peu plus loin, il se baissa, et prit une poignée de fourrage vert.

— Beau maïs pour la saison ! dit-il. Ça doit venir de nos pièces du haut : de la Cailleterie ?

— Non.

— De la Jobinière alors, où pas un grain ne se perd. En voilà une jolie pièce !

Le père répondait pour ses bœufs, pour ses champs, pour toutes choses, heureux parce que le dernier de ses fils, après trois ans d'absence, aimait encore la terre.

Cependant le beau cavalier riait plus qu'il n'en avait envie, et cachait les tristes idées qui lui traversaient l'esprit, au cours de sa visite. Il fit semblant de ne pas voir, dans l'appentis, les pièges à merles qu'avait construits François l'hiver passé. Plus loin, dans l'aire, comme sur la barge de paille nouvelle, si longue et si bien arrondie au sommet, il y avait un bouquet fané, il se pencha vers Rousille et murmura :

— C'est encore François qui l'avait cueilli ? J'ai une peine que je n'aurais pas imaginée, Rousille, de ne plus retrouver François. Ça me change la Fromentière.

Mais le père n'entendit rien. Il voyait l'enfant revenu, l'avenir de la Fromentière assuré. Lorsqu'ils rentrèrent tous dans la salle commune, il passa la main sur la veste bleue du chasseur d'Afrique, et dit :

— Je t'aime bien comme ça, mais je parierais que tu ne serais pas fâché de quitter tes hardes de militaire ?

— C'est vrai, papa, répondit André, riant de l'impropriété des mots et de l'invitation déguisée du père. Je ne suis pas à la mode de Sallertaine : je vais m'y mettre.

Dans le fond du coffre, auprès du lit où il devait coucher le soir, dans la chambre la plus éloignée, là-bas, André prit un à un les vêtements de travail, serrés le jour du départ. Il mit une coquetterie à relever sa moustache et le bord de son chapeau. Il fleurit sa boutonnière d'un brin de jasmin qui pendait le long de la fenêtre. Bientôt il retraversa la maison ; il ouvrit la porte de la cuisine, on vit se dresser, entre les vieux murs, le plus joli Vendéen du Marais, svelte dans sa veste marquée de plis, blond de cheveux, brun de visage, la mine heureuse de la joie des autres.

— Oh ! mon Driot, dit le père gaiement, te voilà tout à fait revenu ! Tu étais mon fils tout à l'heure, mais pas autant qu'à présent !

Il ajouta :

— Viens boire avec nous ! Nous boirons à ta santé, pour que tu restes à la Fromentière : car, moi, je vieillis vite, et tu me remplaceras.

Mathurin, qui était près de la table, avec le père, devint tout sombre. Quand les verres furent remplis, il leva le sien avec les autres, mais il ne le heurta point contre celui d'André.

7

SUR LA PLACE DE L'ÉGLISE

Les cloches sonnaient la fin de la grand'messe. L'enfant de chœur répondait : *Deo gratias.* Comme aux jours de sa jeunesse, comme aux dernières années du XIIe siècle, où elle fut bâtie au sommet de l'îlot de Sallertaine, la petite église, toute jaunie à présent par les lichens et les giroflées de muraille, voyait la foule de ses fidèles, vêtus de la même façon qu'autrefois, s'écouler dans le même ordre, franchir les mêmes portes, former sur la place les mêmes groupes homogènes.

— Il va sortir ! disait la grande Aimée Massonneau, la fille du Glorieux, de la Terre Aymont. L'avez-vous vu, ce pauvre Mathurin Lumineau ? Il a voulu venir à la messe : Dieu l'en dispense pourtant !

— Oui, répondit la petite rousse de Malabrit. Voilà six ans qu'il n'a pas paru dans Sallertaine.

— Six ans, vous croyez ?

— Je me souviens : c'était l'année où ma sœur s'est mariée.

— Et pourquoi pensez-vous qu'il soit venu ? demanda Victoire Guérineau, de la Pinçonnière, une méchante langue et une jolie fille, qui avait la peau rose comme une églantine. Car il a dû prendre sur lui, pour venir !

— C'est par honneur pour le père, dit une voix. Le vieux est si triste depuis qu'Éléonore et François sont partis !

— C'est pour se montrer avec son frère André, dit une autre. Un beau gars, André Lumineau ! et s'il voulait de moi…

Victoire Guérineau se mit à rire avec les autres, et reprit :

— Vous n'y êtes pas : il vient pour Félicité Gauvrit !

— Oh ! oh ! dirent toutes celles des premiers rangs… vous êtes méchante… Si elle vous entendait !

Et plusieurs se détournèrent vers le perron des Michelonne, près duquel se trouvait, au milieu d'un petit rassemblement, l'ancienne fiancée de Mathurin Lumineau. Mais presque aussitôt une rumeur courut :

— Le voilà ! Le pauvre ! comme il a du mal à se porter !

En effet, sous l'ogive badigeonnée, dans l'encadrement de la porte basse ouverte à un seul battant, un être difforme s'agitait. Serré entre le mur et le montant de bois, il luttait, pour se couler par ce chemin trop étroit. Une de ses mains, soulevant une béquille, s'accrochait à une des colonnettes de la façade, et tâchait d'attirer le corps. Une épaule seule passait, avec la tête rejetée un peu en arrière, la tête souffrante qui disait la violence de l'effort et la puissance d'une volonté qui ne cédait jamais. Mathurin Lumineau paraissait étouffer. Il ne regardait personne dans cette multitude dont il était le point de mire. Son regard, un peu au-dessus des filles de Sallertaine, là-bas, fixait le clair du ciel avec une expression d'angoisse qui agissait sur la foule. Les conversations s'interrompaient. Des voix commençaient à murmurer :

— Secourez-le donc ! il étouffe !

Quelques hommes firent un mouvement pour se rapprocher de l'infirme et l'aider. En ce moment même, dans l'ombre de l'église, invisible, le vieux père demandait :

— Veux-tu que je t'emporte, Mathurin ? Ça ne passe pas : veux-tu ?

Et l'autre répondait tout bas, avec un accent d'énergie terrible que personne dehors ne pouvait saisir :

— Ne me touchez pas ! Boudre ! ne me touchez pas ! Je sortirai seul !

Enfin, le buste énorme se dégagea, et fut projeté en avant. L'homme eut de la peine à éviter une chute et à reprendre son aplomb. Quand il put s'arrêter, il caressa sa barbe fauve, et remit son chapeau que la secousse avait déplacé. Puis, tenant serrées ses béquilles, s'appuyant le plus qu'il pouvait sur ses jambes, Mathurin Lumineau regarda droit en face de lui, et s'avança sur les groupes d'hommes qui s'ouvrirent silencieusement. Personne n'osait l'aborder. On avait perdu l'habitude de le voir. On ne savait pas ce qu'il allait faire. Mais toute l'attention s'était concentrée sur lui, et nul ne remarqua le métayer, André, Marie-Rose, qui sortaient derrière lui et cherchaient à le rejoindre.

L'infirme atteignit bientôt l'endroit où les jeunes filles étaient rassemblées. Elles s'écartèrent comme les hommes, plus rapidement même, parce qu'elles avaient compris ce qu'il voulait. Un chemin se fit parmi elles, et s'allongea jusqu'aux maisons.

Alors, au fond de cette avenue vivante, bordée de robes noires et de coiffes blanches, on vit, contre le mur des Michelonne, toute seule, debout, Félicité Gauvrit. Elle était le but. Elle le savait. Elle avait prévu son triomphe. Dès qu'elle avait aperçu Mathurin dans le banc des Lumineau, elle s'était dit : « Il vient pour moi. Je me cacherai au fond de la place, et il me poursuivra. » Car elle était fière de montrer qu'on l'aimait encore, cette grande et superbe fille que personne ne voulait épouser.

Les femmes qui causaient avec elle s'étaient prudemment éloignées. La Maraîchine restait seule, sous la fenêtre des Michelonne. Droite, habillée d'étoffes raides et lourdes comme une poupée de musée, ses bandeaux bruns luisants sous la coiffe très petite, le teint d'une blancheur insolente, le cou dégagé, les bras tombant le long de son tablier de moire, elle regardait venir à elle, entre deux haies de curieux, son fiancé de jadis. Tant de visages haussés ou penchés vers elle ne l'intimidaient pas. Peut-être reconnaissait-elle, sur le dos de Mathurin, la même veste qu'il portait le soir du malheur ; à son cou la même cravate qu'il avait tirée de l'armoire. Elle demeurait calme et hardie. Elle souriait même un peu. Lui, il arrivait, suspendu entre ses béquilles, les yeux fixés, non pas sur sa route, mais sur Félicité Gauvrit. Ce qu'il voulait, le pauvre gars, c'était la revoir et c'était aussi lui faire entendre que la santé renaissait en lui, qu'une espérance se levait sur sa misère, et que le cœur de Mathurin Lumineau n'avait pas varié. Ses yeux sombres disaient tout cela, tandis qu'il s'approchait. Ils offraient en prière lamentable les longues souffrances de son corps et de son esprit, à celle qui les avait causées : mais ses forces le trahirent. Il devint d'une pâleur extrême, quand la belle fille, devant tout ce monde, lui dit la première :

— Bonjour, Mathurin !

Il ne put répondre. D'avoir vu sourire les lèvres pourpres de la Maraîchine, et d'être si près d'elle, et de l'entendre parler du même ton que s'ils s'étaient quittés la veille, il défaillait.

Il renversa un peu sa tête rousse, entre ses béquilles, vers Driot qui se trouvait en arrière. Le regard suppliait : « Emmène-moi ! » Le cadet comprit, et passa le bras sous le bras de son frère. Puis il répondit tout haut, pour donner le change, et distraire l'attention de la foule :

— Bonjour à vous-même, Félicité ! Voilà des temps que je ne vous ai vue : ça ne vous change pas.

— Ni vous ! dit-elle.

On entendit quelques rires, mais il y eut, dans le nombre de ceux qui étaient là, des âmes qui pleurèrent secrètement ou qui s'attendrirent. Quelques-unes des plus jeunes, parmi les filles de Sallertaine, s'émurent de pitié pour le malheureux qui s'en allait confus, épuisé, soutenu par le bras d'un autre ; elles plaignirent l'infirme qui n'obtiendrait jamais un amour comme celui que chacune d'elles, en son cœur, préparait et promettait au fiancé inconnu. L'une murmura :

— Il n'est pas malade seulement des jambes ; ça lui tient tout l'esprit !

Plusieurs femmes, des mères qui s'en retournaient avec leurs enfants, ralentirent la marche en voyant le groupe qui descendait vers la route de Challans : le vieux Toussaint, André et Mathurin, Marie-Rose en arrière. Elles se souvinrent, avec un frisson de peur, du magnifique adolescent qu'avait été l'infirme, et elles songèrent : « Pourvu qu'il n'en arrive point autant à nos fils qui grandissent ! »

Félicité Gauvrit commençait à s'émouvoir à son tour, mais d'une émotion différente. Après le départ des Lumineau, la curiosité s'était rapidement détournée d'elle. Une partie des hommes entourait le garde-champêtre qui, monté sur une borne, publiait les objets perdus et les fermes à louer ; une partie entrait dans les auberges. Les jeunes filles, par petites bandes, se réunissaient pour le retour. À chaque moment, on voyait cinq ou six coiffes blanches, avec des saluts qui les inclinaient et les relevaient, se séparer des autres, et descendre à droite ou à gauche. Félicité, qui était demeurée seule, plusieurs minutes, sous la fenêtre des Michelonne, rejoignit un de ces groupes qui devait se diriger vers le haut Marais, à l'ouest de Sallertaine. On l'accueillit avec un peu de gêne, comme une fille compromettante, avec qui l'on ne veut pas se brouiller, mais que les mères recommandent de ne pas fréquenter. Des cris partirent à son adresse quand elle passa devant les auberges, des agaceries de jeunes gens rassemblés et buvant. Elle ne répondit rien. Ses compagnes et elles dévalèrent le petit coteau qui porte les maisons du bourg, et s'avancèrent alors en plein Marais, sur la route qui mène au Perrier.

En cette saison, et lorsque les pluies d'automne n'ont pas encore été abondantes, on peut se rendre à pied, sans le secours des yoles, dans beaucoup de métairies. La levée de terre, raboteuse et mal entretenue, flanquée de deux fossés pleins d'eau, filait au milieu des prés. Le vert fané des herbes vêtait l'étendue sans colline, sans mouvement d'aucune sorte, jusqu'à l'extrême horizon où il s'embrumait un peu. Des chevaux qui paissaient, tendaient le cou et regardaient passer le petit groupe noir et blanc dans l'immensité uniforme. Des canards, entendant du bruit, se coulaient dans les joncs qui tremblaient de la pointe. De loin en loin un remblai en dos d'âne, plus étroit, s'embranchait sur la route. Une des jeunes filles se détachait du groupe et gagnait par là quelque maison lointaine, dont on ne devinait la place qu'à une touffe de peupliers montant du sol comme une fumée. Félicité Gauvrit sortait un instant de sa songerie, disait : « Au revoir ! » et se remettait à marcher silencieusement.

Bientôt elle fut seule sur le chemin qui continuait à fuir vers la mer. Alors elle ralentit le pas, et s'absorba toute dans sa méditation sans témoin.

Elle n'était pas heureuse. Le père Gauvrit, à soixante-cinq ans, s'était remarié avec une fille de trente, une coureuse de grèves, qu'il avait été chercher à la Barre-de-Mont, et à qui il avait donné, en « droit de jeunesse », le plus clair de son bien. Cette jeune belle-mère n'était pas tendre pour Félicité. Chacune d'elles reprochait à l'autre, non sans raison d'ailleurs, de trop dépenser et de ruiner la maison. Le frère aîné, douanier aux Sables-d'Olonne, joueur et viveur, menaçait perpétuellement le bonhomme d'un procès en reddition de comptes, l'intimidait et puisait aussi, par ce moyen, dans le capital bien diminué des Gauvrit. La vieille famille, qui avait tenu un rang dans le Marais, déclinait rapidement. Félicité ne s'en apercevait que trop. Les jeunes gens de Sallertaine et des paroisses voisines venaient volontiers aux veillées de la Seulière, dansaient, buvaient, plaisantaient avec elle, mais aucun ne s'offrait à l'épouser. La ruine probable, les divisions de la famille écartaient les prétendants.

Mais une autre raison, plus vraie et plus profondément entrée dans les esprits, empêchait les fils de métayers et jusqu'aux simples valets de ferme de demander la main de Félicité Gauvrit. C'était une sorte de lien d'honneur, une dette de fidélité, rendue plus sacrée par le malheur, et que l'opinion publique s'entêtait à maintenir entre la Seulière et la Fromentière. Dans la pensée de tous, Félicité Gauvrit était demeurée comme une alliée des Lumineau, une fille qui n'avait pas le droit de retirer sa promesse, et qu'on ne devait pas rechercher en mariage tant que Mathurin vivrait. Quelques-uns éprouvaient aussi, peut-être, une crainte superstitieuse. Ils auraient eu peur de se mettre en ménage avec une fille dont le premier amour avait été si malchanceux.

Toutes les avances qu'elle avait faites avaient échoué.

Elle s'en était irritée et aigrie. Dans son dépit, elle avait été jusqu'à regretter que l'infirme n'eût pas été tué sur le coup. S'il était mort, lui qui vivait à peine, elle eût recouvré sa liberté. Le passé eût été vite oublié, tandis qu'il y avait là, pour le rappeler à tous, dans la paroisse même, un pauvre gars errant sur des béquilles, autour de la ferme qu'il aurait dû gouverner. Elle avait trouvé quelquefois que la mort mettait bien du temps à achever ses victimes. Puis elle s'était ressaisie. En fille avisée, elle avait compris que l'opinion la liait, malgré elle, aux Lumineau, et que par eux seulement elle pouvait réaliser l'ambition qui la possédait : sortir de la Seulière, échapper à la domination de sa belle-mère, gouverner une grande ferme, être plus riche et plus libre qu'elle n'était chez elle. Elle qui n'avait jamais aimé, qui n'était qu'une créature de vanité, comme la campagne en a quelques-unes, elle s'était dit : « J'attendrai. Je ne retournerai pas à la Fromentière afin qu'on m'y regrette toujours plus. Un jour Mathurin viendra à moi ou il m'appellera. Je suis sûre qu'il ne m'a point oubliée. C'est une folie, mais qui me servira. Grâce à lui, je rentrerai chez eux, je les reverrai tous, le vieux qui se défie de moi, mais qui cédera, les jeunes qui m'aimeront, parce que je suis belle. Et j'épouserai François ou André. Je serai métayère, comme je devais l'être, dans la plus belle ferme de la paroisse. »

Or, François (qu'elle avait essayé de séduire), s'était dérobé, mais voici que Mathurin était venu à elle. Au prix de fatigues et de souffrances sans nom, il s'était traîné jusqu'à Sallertaine pour la saluer, publiquement. Et André, devant toutes les filles du bourg, avait dit :

— Voilà des temps que je ne vous ai vue : vous n'avez pas changé.

La belle fille avait cueilli un de ces iris jaunes qui poussent en grand nombre dans les fossés du Marais. À demi-rieuse, elle songeait à ce triomphe de tout à l'heure, la fleur pendante au coin de la lèvre, laissant baller ses bras qui, à chaque pas, frôlaient avec un murmure la moire du tablier. Le sourire s'en allait très loin comme le regard, à la vague limite des prés. Elle songeait qu'André ferait un joli mari, plus élégant que n'était, même autrefois, Mathurin ; qu'il n'avait du reste, qu'un an de moins qu'elle ; qu'il avait eu une manière plaisante, vraiment, et assez hardie de lui dire : « Vous n'avez pas changé. » Elle pensait aussi : « À la première occasion, je les inviterai à veiller chez nous. Je suis sûre qu'André viendra. »

Lentement, elle marchait, sur la levée raboteuse et ardente de soleil. Les grillons chantaient midi. L'odeur âcre des roseaux fanés passait par intervalles. Et, tout entière à son rêve, Félicité Gauvrit ne s'apercevait pas qu'elle était presque rendue chez elle.

Elle eut comme un réveil douloureux, en remarquant tout à coup une blancheur dans les prés, à droite. C'était la Seulière. En même temps, un doute s'éleva dans son esprit, question inquiétante, mauvaise fin de rêve : si André se dérobait, lui aussi ? Ou bien si Mathurin, grisé comme il le serait par le moindre mot de souvenir, et devenu plus pressant et plus jaloux encore, devinait trop tôt ce qu'on méditerait autour de lui ?

Au-dessus du canal, sur le milieu d'un pont en dos d'âne qui reliait les prés à la route, Félicité Gauvrit s'était arrêtée. La grande créature souple étendit les bras au soleil, fronça, dans un moment de colère, ses sourcils bruns, et cracha la fleur d'iris, qui tomba dans l'eau. Puis, l'ayant suivie du regard, elle se mira une seconde, et se redressa souriante.

— Je réussirai, dit-elle.

Et, descendant le talus du pont, elle gagna la Seulière par la traverse.

8

LES CONSCRITS DE SALLERTAINE

L'après-midi de ce dimanche d'automne fut marquée par une paix plus profonde encore qu'à l'ordinaire. L'air était tiède ; la lumière voilée ; le vent, qui s'était levé avec la mer et poussait plus loin qu'elle sa marée, en traversant l'immense plaine herbeuse, ne récoltait pas un bruit de travail, pas une plainte de charrue, pas un heurt de pelle, de marteau ou de hache. Les cloches seules parlaient haut. Elles se répondaient les unes aux autres, celles de Sallertaine, du Perrier, de Saint-Gervais, de Challans, qui a une église neuve pareille à une cathédrale, de Soullans caché dans les arbres des terres montantes. Les volées de grand'messe, le tintement l'Angélus, les trois sons de vêpres leur laissaient peu de repos. Elles lançaient au loin les mêmes mots entendus bien des fois, compris depuis des siècles : adoration de Dieu, oubli de la terre, pardon des fautes, union dans la prière, égalité devant les promesses éternelles ; et les mots s'envolaient dans l'espace, et se nouaient avec un frisson, et c'étaient comme des guirlandes de joie jetées d'un clocher à l'autre. Parmi les remueurs de terre, les gardiens de bestiaux, les semeurs de fèves, bien peu ne leur obéissaient pas. Les routes, désertes toute la semaine, voyaient passer et repasser, hâtant la marche, les familles qui habitaient aux limites de la paroisse et, plus lentes celles qui demeuraient à distance de promenade. Dans le canal élargi qui aboutit au pied de l'église et sert de port à Sallertaine il y avait toujours quelque yole en mouvement.

Vers le soir, le bruit des cloches cessa. Les buveurs eux-mêmes avaient quitté les auberges, et regagné les métairies assoupies dans la clarté blonde du couchant. Un silence universel envahissait la campagne. Peu bruyante les jours de travail, elle était, à la fin de la semaine, pendant quelques heures, toute recueillie et muette. Trêve dominicale qui avait sa signification grande, où se refaisaient les âmes, où les familles groupées, calmes, songeuses, comptaient leurs vivants et leurs morts.

Mais ce jour-là, la paix fut de courte durée.

Mathurin Lumineau et André se reposaient dans le chemin vert de la Fromentière, en dehors de la haute porte de pierre, sous les ormeaux qui servaient d'abri provisoire aux charrettes et aux herses. L'infirme, couché en demi-cercle sur les traverses de bois d'une des herses, un vieux manteau sur les jambes, se remettait de l'effort et de l'émotion du matin. André, par amitié pour lui, n'avait pas voulu retourner au bourg avec le père, et, étendu à plat ventre dans l'herbe, lisait le journal à haute voix. De temps en temps il commentait les nouvelles, lui qui avait couru le monde ; il expliquait où se trouvaient Clermont-Ferrand, l'Inde, le Japon, Lille en Flandre ; et, en le faisant, il tordait sa petite moustache blonde, et toute la fleur de sa jeunesse, un peu d'amour-propre naïf, apparaissaient dans sa physionomie ouverte et amusée.

Vers quatre heures, sur la gauche de Sallertaine, un clairon sonna. Ce devait être à mi-distance entre la paroisse des Lumineau et celle de Soullans, en plein Marais. Mathurin, réveillé de la torpeur où la lecture l'avait plongé, regarda André, qui avait laissé tomber le journal, à la première note, et qui, le visage levé, l'oreille tendue, souriait à la fanfare.

— Ce sont les gars de la classe, dit l'aîné. Ils vont partir bientôt, et ils se promènent.

— Ils jouent la fanfare des chasseurs d'Afrique, répondit le cadet avec une flamme dans les yeux. Je la reconnais. Il y a donc un ancien de chez nous dans le Marais ?

— Oui, le fils d'un bourrinier du Fief. Il a fait son temps dans les zouaves.

Il y eut un silence, pendant lequel les deux hommes écoutèrent la sonnerie de l'ancien zouave. Leurs pensées, en ce moment, étaient bien différentes. André revoyait, en imagination, dans les lointains du Marais qu'il fixait, une ville blanche, des rues étroites, une troupe de cavaliers sortant d'une porte crénelée dont la voûte faisait écho. Mathurin observait l'expression de son frère, et pensait : « Il a encore l'esprit là-bas, d'où il vient. » Ses traits se détendirent et ses yeux se dilatèrent une seconde, comme ceux d'une bête qui découvre sa proie, puis il se replia sur son rêve habituel.

— Driot, dit-il après un long moment, tu aimes cette musique-là ?

— Mais oui.

— Tu regrettes le régiment ?

— Non, par exemple ! Personne ne le regrette.

— Alors, qu'est-ce qui te plaisait là-bas ?

Le jeune homme interrogea le visage de l'aîné, d'un coup d'œil, comme s'il cherchait : « Pourquoi me demande-t-il cela ? » Puis il répondit :

— Le pays… Écoute encore… C'est la diane, à présent…

La sonnerie du clairon, grêle et précipitée, cessa bientôt. Des voix fortes, mal exercées, cinq ou six ensemble, entonnèrent le *Chant du départ*. Quelques mots arrivèrent jusqu'à la Fromentière : « Mourir pour la Patrie… le plus beau… d'envie… » Les autres se perdaient dans l'espace. Mais le bruit s'était rapproché. Les deux frères, immobiles sous le couvert des ormes, poursuivant chacun le songe où la première note l'avait jeté, écoutaient monter vers eux les conscrits de Sallertaine.

Quand ceux-ci eurent gagné le pré de la Fromentière, Mathurin, qui les suivait au bruit, depuis longtemps, et, avec son sens merveilleux d'observation, se rendait compte de leur route, dit à André :

— Ils se sont déjà arrêtés dans trois métairies. Je pense qu'ils font la quête de la classe. Tu n'as pas connu ça, toi ? Voilà deux ans seulement qu'ils ont eu l'idée de passer dans les maisons où il y a une jeune fille de leur âge, et ils lui demandent une poule pour se racheter du service. Rousille est du tirage… Tu devrais prendre une poule, que tu leur donneras, quand ils passeront.

— Je veux bien ! dit André en riant, et en se levant d'un bond. J'y cours. Et que font-ils des poules ?

— Ils les mangent, donc ! Ils font deux, trois, quatre dîners d'adieu. Dépêche-toi : ils arrivent.

André disparut dans la cour de la métairie. On entendit bientôt son rire clair, des pas précipités du côté de l'aire, puis les cris d'effroi d'une poule qu'il avait dû saisir. Quelques minutes plus tard il revint, tenant par les pattes l'oiseau, dont les ailes rondes, mouchetées de gris et de blanc, touchaient l'herbe et se relevaient au rythme de la marche.

Au même moment un coup de clairon retentit au bas du verger clos. Mathurin s'était à demi redressé sur la herse, et, les deux mains appuyées aux traverses, les bras tendus, sa tête ébouriffée en avant, il guettait l'arrivée des promeneurs. André se tenait debout à côté de lui. En face d'eux, juste dans l'ouverture du chemin qui descendait au Marais, le soleil se couchait. Son globe énorme, orangé par la brume, emplissait tout l'espace entre les deux talus, au sommet de la butte sans arbres.

Et voici que, dans cette gloire, trois filles apparurent. Elles montaient, enlacées, la plus grande au milieu, toutes trois vêtues de noir avec des coiffes de dentelles. Le jais de leurs mouchoirs de velours brillait sur leurs épaules. Elles s'avançaient en balançant leur tête. C'étaient des filles de Sallertaine. Mais la lumière était derrière elles, et nul n'aurait pu dire leur nom, excepté Mathurin, qui, dans celle du milieu, avait reconnu Félicité Gauvrit. À quelques pas en arrière venaient le sonneur de clairon, un porte-drapeau, et cinq jeunes hommes en ligne, qui tenaient, pendues par un lien de chanvre ou couchées sur un bras, les poules récoltées dans les fermes.

La troupe suivit le chemin, fit une centaine de mètres, et s'arrêta entre les ormeaux et le mur ruiné de la Fromentière.

— Bonjour, les frères Lumineau ! dit une voix.

Il y eut des rires dans la bande excitée par la course et par le muscadet des métairies. L'infirme fléchit sur ses poignets, et regarda du côté d'André.

Félicité Gauvrit, sans quitter ses compagnes, s'était portée un peu en avant de la bande, et considérait, d'un air de complaisance, le dernier fils de la Fromentière, qui tendait la poule grise à bout de bras.

— Vous avez donc deviné, André ? reprit-elle. Ce que c'est que les garçons d'esprit !... Allons, prenez la poule de Rousille, Sosthène Pageot.

Un vigoureux gars, rougeaud, la mine hébétée comme ceux que le vin commence à étourdir, sortit du rang et prit l'oiseau. Mais à l'attitude moqueuse d'André, au silence qu'il gardait, Félicité devina que celui-ci s'expliquait mal la présence de la fille de la Seulière en pareille compagnie, car elle ajouta négligemment :

— Vous pouvez croire que je ne cours pas tous

les jours le Marais avec des conscrits. Si je le fais aujourd'hui, c'est pour rendre service. Ces deux amies que vous voyez, et qui sont de la classe, ont été désignées par le sort pour quêter. Mais elles n'osaient pas aller seules, et la quête aurait manqué sans moi.

Elle s'exprimait bien, avec une certaine recherche qui dénotait l'habitude de la lecture.

— Ç'aurait été dommage ! dit le jeune homme, sans conviction.

— N'est-ce pas ? D'autant plus qu'on ne me voit pas souvent dans vos quartiers.

Elle détourna la tête vers les fenêtres de la Fromentière, les étables, les meules de foin, soupira, et dit, presque aussitôt, d'un ton enjoué :

— Vous veillerez bien un de ces soirs avec nous, André ? Les Maraîchines vous espèrent.

Il y eut des signes d'approbation, à sa droite et à sa gauche.

— Peut-être, fit André. Il y a si longtemps que je n'ai dansé à Sallertaine : l'envie peut m'en reprendre.

Elle le remercia d'un petit clignement d'yeux. Alors seulement elle eut l'air de remarquer Mathurin Lumineau, qui la regardait, lui, avec tant de passion et de douleur mêlées. Elle prit, pour lui parler, une expression de pitié et de gêne aussi, qui n'était pas toute feinte :

— Ce que je dis à l'un, vous comprenez, Mathurin, je le dis à toute la maison… Si ce n'était pas une fatigue pour vous ?… J'ai eu plaisir à vous revoir à la messe, ce matin… Cela prouve que vous allez mieux…

L'infirme, incapable de répondre autre chose que des mots tout faits et tout prêts dans son esprit, balbutia :

— Merci, Félicité... vous êtes bien honnête, Félicité...

Ce nom de Félicité, il le disait avec une sorte d'adoration, qui sembla émouvoir, tout abrutis qu'ils fussent, deux ou trois des conscrits de Sallertaine.

— De quel régiment étais-tu, Mathurin ? demanda le porte-drapeau.

— Troisième cuirassiers !

— Clairon, une fanfare de cuirassiers pour Mathurin Lumineau ! En avant, marche !

Les trois filles du Marais, le clairon, le porte-drapeau, les cinq jeunes hommes rangés en arrière quittèrent l'ombre des ormeaux, et remontèrent le chemin vers les Quatre-Moulins. Une poussière traversée de rayons s'éleva au-dessus d'eux. La fanfare fit trembler les vieilles pierres de la métairie.

Quand le dernier bonnet de dentelles eut disparu entre les ajoncs et les saules de la route, Mathurin dit à son frère qui avait repris le journal et le lisait distraitement :

— Croirais-tu, Driot, que, depuis six ans, c'est la première fois qu'elle passe ici ?

André répondit, trop vivement :

— Elle t'a déjà écrasé une première fois, mon pauvre gars. Il faut prendre garde qu'elle ne recommence pas !

Mathurin Lumineau grommela des mots de colère, ramassa ses béquilles, et s'éloigna de quelques pas, jusqu'au dernier arbre contre lequel il se tint debout. Les deux frères ne se parlèrent plus. Tous deux, vaguement, et poussés par l'instinct, ils regardaient le Marais où les derniers rayons du jour s'éteignaient. Au-dessous des terres plates, le soleil s'abaissait. On ne voyait plus, de son globe devenu rouge, qu'un croissant mordu par des ombres, et sur lequel un saule d'horizon, un amas de roseaux, on ne sait quoi d'obscur, dessinait comme une couronne d'épines. Il disparut. Un souffle frais se leva sur les collines. Le bruit de fanfare et de voix, qui s'éloignait de plus en plus, cessa de troubler la campagne. Un grand silence se fit. Des feux s'allumèrent, çà et là, dans l'étendue brune. La paix renaissait : les douleurs, une à une, finissaient en sommeil ou en prière du soir.

Le vieux Lumineau, qui arrivait du bourg, reconnut ses deux fils le long des arbres du chemin, et, les voyant immobiles, dans la contemplation des terres endormies, ne pouvant deviner leurs pensées, dit d'une voix claire :

— C'est beau le Marais, n'est-ce pas, mes gars ? Allons, rentrons de compagnie : le souper doit attendre.

Il ajouta, parce que, dans l'ombre, André s'avançait le premier :

— Que je suis content que tu sois revenu de l'armée, toi, mon Driot !

9

LA VIGNE ARRACHÉE

André s'ennuyait, et, déçu dans la joie du retour, n'aimait plus la Fromentière nouvelle comme il avait aimé l'ancienne.

Elle avait tant changé ! Il l'avait connue animée par le bruit et le travail d'une famille nombreuse et unie, dirigée par un homme dont l'âge avait respecté la vigueur et la gaieté même, servie par plus de bras qu'elle n'en demandait, aveuglément chérie et défendue, comme les nids qu'on n'a point encore quittés. Il la retrouvait méconnaissable. Deux des enfants s'étaient enfuis, laissant la maison triste, le père inconsolé, la tâche trop lourde aussi pour ceux qui restaient. Rousille s'épuisait. André sentait bien qu'il ne suffirait pas pour entretenir la Fromentière en bon état de culture, pour l'améliorer surtout, comme il l'avait médité si souvent de le faire, lorsqu'on Afrique, pendant les nuits chaudes où l'on ne dort pas, il songeait aux ormeaux de chez lui. Il eût fallu au moins deux hommes jeunes et forts, sans compter l'aide du valet : il eût fallu François auprès d'André !

Celui-ci luttait contre le découragement qui l'envahissait, car il était brave. Chaque matin, il partait pour les champs avec la résolution de tant travailler que toute autre pensée lui serait impossible. Et il labourait, hersait, semait, ou bien il creusait des fossés, ou plantait des pommiers, sans prendre de repos, avec tout son courage et tout son cœur. Mais toujours le souvenir de François lui revenait ; toujours le sentiment de la déchéance de la métairie. Les journées étaient longues, dans la solitude ; plus encore à côté du nouveau valet, manœuvre indifférent, que les projets ni les regrets de ce fils de métayer ne pouvaient intéresser. Le soir, quand André rentrait, à qui se serait-il confié et qui l'eût consolé ? la mère n'était plus là ; le père avait trop de peine déjà à garder lui-même ce qu'il faut d'espérance et de vaillance pour ne pas plier sous le malheur ; Mathurin était si peu sûr et si aigri, que la pitié pouvait aller à lui, mais non l'affection vraie. Il y aurait eu Rousille peut-être. Mais Rousille avait dix-sept ans quand André l'avait quittée. Il continuait de la traiter en enfant, et ne lui disait rien. D'ailleurs, c'est à peine si on la voyait passer, la petite, toujours préoccupée et courant. Morne maison ! Le jeune homme y souffrait d'autant plus qu'il sortait du régiment, où la vie était dure sans doute, mais si pleine de mouvement et d'entrain !

Les semaines s'écoulaient et l'ennui ne cédait pas.

Fatigué de ce repliement sur soi-même, André peu à peu laissa son esprit s'écarter hors du monde douloureux où il s'efforçait vainement de reconnaître la maison de sa jeunesse. Il était comme ces paysans des côtes, travailleurs taciturnes qui regardent la mer par-dessus les dunes, et que tourmente un peu de songe quand le vent souffle. Triste et touché par le malheur, il se rappela la science lamentable qu'il avait acquise au loin : il pensa qu'on peut vivre ailleurs qu'à la Fromentière, au bord du Marais de Vendée.

La tentation devint pressante. Deux mois après qu'il eut repris possession de la chambre où les deux frères couchaient autrefois, un soir que toute la métairie dormait, André se mit à écrire à un soldat de la légion étrangère, qu'il avait connu et laissé en Afrique : « Je m'ennuie trop, mon frère et ma sœur ont quitté la maison. Si tu sais une bonne occasion de placer son argent en terre, soit en Algérie, soit plus loin, tu peux me l'indiquer. Je ne suis pas décidé, mais j'ai des idées de m'en aller. Je suis comme seul chez nous. » Et les réponses vinrent bientôt. Au grand étonnement de Toussaint Lumineau, le facteur apporta à la Fromentière des brochures, des journaux, des prospectus, des plis qui étaient gros, et dont André ne se moquait pas, comme faisaient Rousille et Mathurin. Le père disait en riant, car il n'avait aucun soupçon contre André :

— Il n'est jamais entré tant de papier à la Fromentière, Driot, que depuis les semaines de ton retour. Je ne t'en veux pas, puisque c'est ton plaisir de lire. Mais moi, ça me lasserait l'esprit.

Le dimanche seulement, il lui arrivait de souffrir un peu de ce goût trop vif qu'avait son fils pour l'écriture et la lecture. Ce jour-là, presque toujours, après vêpres, il ramenait avec lui quelque vieux compagnon, le Glorieux de la Terre Aymont ou Pipet de la Pinçonnière, et ils allaient ensemble rendre visite aux champs de la Fromentière. Ils montaient et descendaient par les sentes pleines d'herbe, l'un près de l'autre, inspectant toutes choses, s'exprimant avec des signes d'épaule ou de paupière, échangeant de rares propos qui avaient tous le même objet : les moissons présentes ou futures, belles ou médiocres, menacées ou sauvées. En cette saison d'hiver, c'étaient les guérets, les blés jeunes et les coins de luzerne qu'on étudiait. Et Toussaint Lumineau, qui n'avait pas réussi à prendre au passage et à emmener son André, confiait au métayer de la Terre-Aymont ou de la Pinçonnière, arrêté dans le même rayon tiède, à la cornière d'une pièce :

— Vois-tu, mon fils André est d'une espèce que je n'ai pas encore connue et qui ne ressemble pas à la nôtre. Ça n'est pas qu'il méprise la terre. Il a de l'amitié pour elle, au contraire, et je n'ai rien à reprocher à son travail de la semaine. Mais depuis qu'il est revenu du régiment, son idée, le dimanche, est dans la lecture.

Rousille aussi s'étonnait quelquefois. Elle avait trop à faire dans la maison pour s'occuper du travail ou des amusements des autres. Chargée du ménage, prise par les mille soins d'une ferme, elle ne voyait guère André qu'aux heures des repas, et devant témoins. À ces moments-là, André, soit par un effort de volonté, soit que la jeunesse fût plus forte que l'ennui et réclamât son heure, se montrait gai d'ordinaire, et insouciant. Il plaisantait volontiers Rousille et tâchait de la faire rire. Elle cependant, comme elle était femme et qu'elle souffrait, avait le don de deviner les souffrances des autres. Et à des signes bien légers, à des regards arrêtés sur les hautes vitres de la fenêtre, à deux ou trois mots qui auraient pu s'expliquer autrement, son âme tendre avait compris qu'André n'était pas tout à fait heureux. Sans en savoir davantage, elle l'avait plaint. Mais elle était loin de se douter de la crise que traversait son frère et du projet qu'il méditait.

Un seul de ces témoins de la vie avait pénétré les desseins d'André : c'était Mathurin. Il avait remarqué la tristesse grandissante d'André, l'inutile effort du jeune homme pour retrouver l'ancienne égalité d'humeur et la vaillance calme dans le travail quotidien. Il le suivait quelquefois aux champs ; il épiait à la maison l'arrivée du facteur et se faisait remettre les lettres et les papiers adressés à son frère. Les moindres détails restaient gravés dans sa mémoire songeuse, et en sortaient un jour, sous forme d'une question qu'il posait prudemment, avec une indifférence affectée. Il savait, par exemple, que la plupart des lettres que recevait André portaient, les unes le timbre d'Alger, les autres celui d'Anvers. Et comme ce dernier nom ne disait rien à Mathurin, André avait expliqué :

— C'est un grand port de Belgique, plus grand que Nantes où tu as passé une fois.

— Comment peux-tu connaître du monde si loin de chez nous et si loin de l'Afrique ?

— C'est bien simple, ajoutait le cadet : mon meilleur ami, à Alger, est un Belge de la légion étrangère, qui a toute sa famille dans la ville d'Anvers. Tantôt Demolder m'écrit, et tantôt ce sont les parents qui m'écrivent pour me donner les renseignements dont j'ai besoin…

— Des nouvelles de tes camarades, alors ?

— Non, des choses qui m'intéressent, sur les voyages, les pays… Un des enfants s'est établi au delà de la mer, en Amérique. Il a une ferme aussi grande que la paroisse de chez nous.

— Il était riche ?

— Non ; il l'est devenu.

Mathurin n'insistait pas. Mais il continuait d'observer, d'ajouter les indices aux indices. Quand André laissait traîner une brochure d'émigration, une annonce de concessions à donner ou à vendre, Mathurin relevait la feuille et tâchait de découvrir les endroits où les sourcils du frère s'étaient froncés, où quelque chose comme un sourire, un désir, une volonté, avait traversé les yeux du cadet.

De preuve en preuve, il avait acquis la conviction que Driot méditait de quitter la Fromentière. Quand ? Pour quel pays lointain où la fortune était facile ? C'étaient là des points obscurs. Alors, en ce mois de décembre, où les tête-à-tête sont plus nombreux à cause des bourrasques, des journées de neige et de pluie, lorsqu'il était seul avec André, dans l'étable ou dans la maison, il disait perfidement :

— Parle-moi de l'Afrique, Driot ? Raconte-moi les histoires de ceux qui se sont enrichis ? Ça m'intéresse de t'entendre causer là-dessus.

D'autres fois il demandait :

— La Fromentière doit te paraître petite et pauvre, à toi qui lis dans les livres ? Bien sûr, elle ne donne pas comme autrefois !

Mathurin ne doutait plus, lorsque Driot doutait encore.

L'année s'acheva ainsi.

Une nouvelle année commença. L'hiver était pluvieux, mais il gelait toutes les nuits. On voyait, au matin, les fils d'araignées, tendus d'une motte à l'autre et couverts de brume glacée, remuer au vent comme des ailes blanches. La glèbe fumait au soleil tardif, et les ailes blanches devenaient grises. Les plus gros travaux de la campagne étaient suspendus. Les hommes des terres hautes abattaient quelques souches ou remplaçaient des barrières. Ceux du Marais ne faisaient plus rien. Pour eux les vacances étaient venues. Les fossés et les étiers débordaient. La plupart des fermes, enveloppées par les eaux et comme flottantes au-dessus d'elles, n'avaient de communication avec les bourgs ou entre elles qu'au moyen des yoles remises à neuf, qui couraient en tous sens sur les prés inondés. C'était le temps joyeux des veillées et des chasses.

Le sol n'était cependant pas si dur qu'on ne pût le défoncer, et Toussaint Lumineau avait résolu, selon le conseil donné par Mathurin, d'arracher la vigne qui dépendait de la Fromentière, et que le phylloxera avait détruite.

Le métayer et André montèrent donc jusqu'au petit champ bien exposé au midi, sur la hauteur dénudée que coupe la route de Challans à Fromentine. Ils avaient devant eux, et ne voyaient pas autre chose, sept planches de vieille vigne entre quatre haies d'ajoncs, un sol caillouteux, et les ailes de deux moulins qui tournaient.

— Attaque une des planches, dit le métayer ; moi, j'attaquerai celle d'à côté.

Et enlevant leur veste, malgré le froid, car le travail allait être rude, ils se mirent à arracher la vigne. L'un et l'autre, ils avaient causé d'assez belle humeur en faisant la route. Mais, dès qu'ils eurent commencé à bêcher, ils devinrent tristes, et ils se turent pour ne pas se communiquer les idées que leur inspiraient leur œuvre de mort et cette fin de la vigne. Lorsqu'une racine résistait par trop, le père essaya deux ou trois fois de plaisanter et de dire : « Elle se trouvait bien là, vois-tu, elle a du mal à s'en aller, » ou quelque chose d'approchant. Il y renonça bientôt. Il ne réussissait point à écarter de lui-même, ni de l'enfant qui travaillait près de lui, la pensée pénible du temps où la vigne prospérait, où elle donnait abondamment un vin blanc, aigrelet et mousseux, qu'on buvait dans la joie les jours de fête passés. La comparaison de l'état ancien de ses affaires avec la médiocre fortune d'aujourd'hui l'importunait. Elle pesait plus lourdement encore, et il s'en doutait bien sur l'esprit de son André. Silencieux, ils levaient donc et ils abattaient sur le sol leur pioche d'ancien modèle, forgée pour des géants. La terre volait en éclats ; la souche frémissait ; quelques feuilles recroquevillées, restées sur les sarments, tombaient et fuyaient au vent, avec des craquements de verre brisé ; le pied de l'arbuste apparaissait tout entier, vigoureux et difforme, vêtu en haut de la mousse verte où l'eau des rosées et des pluies s'était conservée pendant les étés lointains, tordu en bas et mince comme une vrille. Les cicatrices des branches coupées par les vignerons ne se comptaient plus. Cette vigne avait un âge dont nul ne se souvenait. Chaque année, depuis qu'il avait conscience des choses, Driot avait taillé la vigne, biné la vigne, cueilli le raisin de la vigne, bu le vin de la vigne. Et elle mourait. Chaque fois que, sur le pivot d'une racine, il donnait le coup de grâce, qui tranchait la vie définitivement, il éprouvait une peine ; chaque fois que, par la chevelure depuis deux ans inculte, il empoignait ce bois inutile et le jetait sur le tas que formaient les autres souches arrachées, il haussait les épaules, de dépit et de rage. Mortes les veines cachées par où montait pour tous la joie du vin nouveau ! Mortes les branches mères que le poids des grappes inclinait, dont le pampre ruisselait à terre et traînait comme une robe d'or ! Jamais plus la fleur de la vigne, avec ses étoiles pâles et ses gouttes de miel, n'attirerait les moucherons d'été, et ne répandrait dans la campagne et jusqu'à la Fromentière, son parfum de réséda ! Jamais les enfants de la métairie, ceux qui viendraient, ne passeraient la main par les trous de la haie pour saisir les grappes du bord ! Jamais plus les femmes n'emporteraient les hottées de vendange ! Le vin, d'ici longtemps, serait plus rare à la ferme, et ne serait plus « de chez nous ». Quelque chose de familial, une richesse héréditaire et sacrée périssait avec la vigne, servante ancienne et fidèle des Lumineau.

Ils avaient, l'un et l'autre, le sentiment si profond de cette perte, que le père ne put s'empêcher de dire, à la nuit tombante, en relevant une dernière fois sa pioche pour la mettre sur son épaule :

— Vilain métier, Driot, que nous avons fait aujourd'hui !

Cependant il y avait une grande différence entre la tristesse du père et celle de l'enfant. Toussaint Lumineau, en arrachant la vigne, pensait déjà au jour où il la replanterait ; il avait vu, dans sa muette et lente méditation, son successeur à la Fromentière cueillant aussi la vendange et buvant le muscadet de son clos renouvelé. Il possédait cet amour fort et éprouvé, qui renaît en espoirs à chaque coup du malheur. Chez André, l'espérance ne parlait pas de même, parce que l'amour avait faibli.

Tous deux, bruns dans le jour finissant, ils se remirent en marche le long de la bordure d'herbe, puis sur la pente des champs qui ramenaient vers la ferme. Le corps endolori et penché en avant, leur outil sur l'épaule, ils considéraient l'horizon rouge au-dessus du Marais, et les nuages que le vent poussait vers le soleil en fuite. C'était un soir lamentable. Autour d'eux, des guérets, des terres nues, des haies dévastées, des arbres sans feuilles, de l'ombre et du froid qui tombaient du ciel. Et ils avaient bien fait deux cents mètres avant que le fils se décidât à parler, comme si la réponse devait être trop dure pour le père qui suivait le même chemin de travail.

— Oui, dit-il, le temps de la vigne est fini dans nos contrées : mais elle pousse ailleurs.

— Où donc, mon Driot ?

Dans les demi-ténèbres, l'enfant étendit sa main libre, au-dessus de la Fromentière noyée en bas dans l'ombre. Et le geste allait si loin, par delà le Marais et par delà la Vendée, que, sous ses habits de grosse laine, Toussaint Lumineau sentit le froid du vent.

— Les autres pays, dit-il, qu'est-ce que ça nous fait, mon Driot, pourvu qu'on vive dans le nôtre ?

Le fils comprit-il l'anxieuse tendresse de ces mots-là ? Il répondit :

— C'est que, justement, dans le nôtre, il est de plus en plus malaisé de vivre.

Toussaint Lumineau se souvint des paroles, à peu près semblables, qu'avait dites François, et il se tut, pour essayer de s'expliquer à lui-même comment André pouvait les répéter, lui qui n'était cependant ni paresseux ni porté pour les villes.

Devant les hommes qui descendaient aux marges des terres brunes, la Fromentière avec ses arbres apparaissait comme un dôme de ténèbres plus denses, au-dessus duquel la nuit d'hiver allumait ses premières étoiles. Le métayer n'entrait jamais sans émotion dans cette ombre sainte de chez lui. Ce soir-là, mieux que d'habitude, il sentit cette douceur de revenir qui ressemblait à un serment d'amour. Rousille, entendant des pas qui s'approchaient, ouvrit la porte, et éleva la lampe à l'extérieur, comme un signal.

— Vous rentrez tard ! dit-elle.

Ils n'avaient pas eu le temps de répondre, qu'un

son de corne prolongé, nasillard, retentit au fond du Marais, bien au delà de Sallertaine.

— C'est la corne de la Seulière ! cria, du bout de la salle, la voix de Mathurin.

Les hommes entrèrent dans la clarté chaude du foyer. La petite lampe fut reposée sur la table. Mathurin reprit :

— On veille ce soir à la Seulière. Veux-tu y venir, Driot ?

L'infirme, les bras appuyés sur la table et agités d'un mouvement nerveux, soulevé à demi, les yeux flambants d'un désir longtemps contenu qui éclatait enfin, faisait peine à voir et faisait peur, comme ceux dont la raison chancelle.

— Je ne suis guère d'humeur à danser, répondit négligemment André ; mais peut-être ça me ferait du bien, aujourd'hui.

Le métayer, silencieusement, appuya la main sur l'épaule de son malheureux aîné, et les yeux enfiévrés se détournèrent, et le corps obéit, et retomba sur le banc, comme un sac de froment, dont la toile s'élargit quand il touche terre.

Les hommes soupèrent rapidement. Vers la fin du repas, Toussaint Lumineau, dont l'esprit s'était remis à penser aux paroles d'André, voulut prendre à témoin celui de ses enfants qui n'avait jamais varié dans l'amour exclusif de la Fromentière, et dit :

— Croirais-tu, Mathurin, que ce Driot déraisonnait, ce soir ? Il prétend que la vigne a fait son temps chez nous ; qu'elle pousse mieux ailleurs. Mais quand on plante une vigne, on sait bien qu'elle doit mourir un jour, n'est-ce pas ?

— Beaucoup sont mortes avant la nôtre, fit rudement l'infirme. Nous ne sommes pas plus malheureux que les voisins.

— C'est justement ce que je dis, répondit André. — Et il releva la tête, et on vit ses yeux qu'animait la contradiction et ses moustaches fines qui remuaient quand il parlait. — Ce n'est pas seulement notre vigne qui est usée, c'est la terre, la nôtre, celle des voisins, celle du pays, aussi loin et plus loin que vous n'avez jamais été. Il faudrait des terres neuves, pour faire de la belle culture.

— Des terres neuves, dit le père, je n'en ai jamais connu par ici. Elles ont toutes servi.

— Il y en a pourtant, et dans bien des contrées…

Il hésita, un instant, et énuméra pêle-mêle :

— … En Amérique, au Cap, en Australie, dans les îles, chez les Anglais. Tout pousse dans ces pays-là. La terre a plaisir à donner, tandis que les nôtres…

— N'en dis pas de mal, Driot : Elles valent les meilleures !

— Usées, trop chères !

— Trop chères, oui, un peu. Mais donne-leur de l'engrais, et tu verras !

— Donnez-leur-en donc ! Vous n'avez pas de quoi en acheter !

— Qu'il vienne seulement une bonne année, pas trop sèche, pas trop mouillée, et nous serons riches !

Le métayer s'était redressé, comme sous une injure personnelle, et il attendait ce que Driot allait répondre. Celui-ci se leva, emporté par la passion. Et tous le regardaient, même le valet de ferme, qui essayait de comprendre, le menton serré dans sa main calleuse. Et tous ils sentaient vaguement, à l'aisance du geste, à la facilité de sa parole, que Driot n'était plus tout à fait comme eux.

— Oui, fit le jeune homme, fier d'être écouté, il y aurait peut-être quelque chose à faire, ici, dans les vieux pays. Mais on ne nous apprend pas ces choses-là dans nos écoles : c'est trop utile. Et puis l'impôt est trop lourd, et les fermages trop haut. Alors, pendant que nous vivons misérablement, ils font là-bas des récoltes magnifiques. J'apprends ça tous les jours. Nos vignes crèvent, et ils ont du vin. Le froment pousse chez eux sans engrais, et ils nous l'envoient dans des navires aussi chargés de grain que l'était, à ce que vous racontez, le grenier de l'ancien château d'ici…

— Des farces ! Tu as lu ça dans les livres !

— Un peu. Mais j'ai vu aussi des navires dans les ports, et les sacs de froment coulaient de leur bord comme l'eau des étiers par-dessus les talus. Si vous lisiez les journaux, vous sauriez que tout nous est apporté de l'étranger, à meilleur compte que nous ne pouvons le produire, le blé, l'avoine, les chevaux, les bœufs, et qu'il y a, contre nous autres, les Américains, les Australiens, et qu'il y aura bientôt les Japonais, les Chinois…

Il se grisait de paroles. Il n'était que l'écho de quelques lectures qu'il avait faites, ou de conversations qu'on avait tenues devant lui. La Fromentière l'écoutait avec stupeur. Chine, Japon, Amérique, ces noms volaient dans la salle comme des oiseaux inconnus, amenés par la tempête dans des régions lointaines. Les murs de la métairie avaient entendu tous les mots de la langue paysanne, mais pas une fois encore ils n'avaient sonné sous le choc de ces syllabes étrangères. L'étonnement était marqué sur tous les visages éclairés par la lampe et levés vers Driot, qui continua :

— J'en ai appris, des choses ! J'en apprends tous les jours. Et, tenez, quand on revient, comme moi, d'arracher une vigne, ça fait enrager de penser qu'il y a des pays, en Amérique, et je pourrais vous dire leur nom, où on peut aller sans délier sa bourse...

— Allons donc ! s'écria le valet.

— Oui, le gouvernement paye le passage du cultivateur. Il le nourrit à l'arrivée. Il lui donne, pour s'établir, trente hectares de terre...

Cette fois, le père hocha la tête, désarmé par l'énormité de l'affirmation, et dit, d'un air de mépris :

— Tu racontes des menteries, mon garçon. Trente hectares, ça fait soixante journaux. Moi, je ne lis pas souvent, c'est vrai. Mais je ne me laisse pas raconter toutes les histoires que tu crois comme Évangile. Soixante journaux ! Les gouvernements seraient vite ruinés, s'ils faisaient un cadeau pareil à tous ceux qui en ont envie... Tais-toi... Ça me chagrine d'entendre mal parler de la terre de chez nous... Puisque tu veux la cultiver avec moi, Driot, fais comme nous, n'en dis pas de mal... Elle nous a toujours nourris.

Il y eut un silence embarrassé, dont le valet profita pour se lever et gagner son lit. L'appel de la Seulière courut de nouveau dans la nuit. Mathurin ne prononça pas une parole, mais il regarda son frère. Celui-ci, mécontent, excité par la discussion qu'il venait d'avoir, comprit l'interrogation muette, et répondit vivement, de manière à faire sentir que sa volonté était libre :

— Eh bien ! oui, j'y vais.

— Je te ferai la conduite jusqu'à la yole, repartit l'infirme.

Toussaint Lumineau devina un danger.

— C'est déjà trop que ton frère aille à la Seulière, dit-il. Mais toi, mon pauvre gars, d'aucune manière ça ne te serait bon de veiller là-bas. Il fait froid dehors… Ne va pas plus loin que le pré aux canes, et reviens vite.

Il suivit des yeux l'infirme qui, en grande hâte, avec le surcroît d'énergie que lui donnait l'émotion, se soulevait sur ses béquilles, longeait la table, descendait les marches, et, derrière André, s'enfonçait dans la nuit…

Les fils étaient dehors. Le vent glacé soufflait par la porte laissée ouverte. Hélas ! que le gouvernement de la maison devenait difficile ! Assis sur le banc, la tête appuyée sur un coude et regardant l'ombre de la cour, le métayer réfléchissait aux choses qu'il avait entendues ce soir, et à l'impuissance où il se trouvait, malgré sa tendresse et sa grande expérience de se faire obéir, dès qu'il ne s'agissait plus du travail de la métairie. Mais il ne demeura pas longtemps sans demander à sa fille, enfermée dans la décharge voisine, — la moindre parole sonnait si bien dans les chambres vides !

— Rousille ?

La petite ouvrit la porte, et s'avança un peu, tenant un plat creux qu'elle essuyait sans le regarder.

— J'ai peur que Mathurin ne retourne la voir…

— Oh ! père, il ne ferait pas ça… D'ailleurs, il ne doit pas avoir ses souliers, et il n'oserait pas paraître à la Seulière…

Elle se pencha, chercha sous le lit de Mathurin, puis dans le coffre, et se releva en disant :

— Si… il les a emportés… Il les avait mis d'avance… Le premier son de corne a passé vers six heures.

Le père se mit à marcher à grands pas. Inquiet, il s'arrêtait, de minute en minute, pour écouter si un bruit de béquilles heurtant les cailloux n'annonçait pas le retour de Mathurin.

10

LA VEILLÉE DE LA SEULIÈRE

La porte s'ouvrit avec fracas, et sur le seuil, illuminé par la vive lueur des lampes, Mathurin Lumineau apparut. L'entrée d'un revenant n'aurait pas produit plus d'effet. Le bruit cessa tout à coup. Les filles, effarées, s'écartèrent et se groupèrent le long des murs. D'étonnement, plusieurs gars ôtèrent leur chapeau, qu'ils avaient gardé pour danser ; des métayères se levèrent, à demi, des chaises où elles étaient assises. On hésitait à reconnaître le nouvel arrivant, à pareille heure, et dans ce lieu. Lui, brusquement frappé par l'air chaud, las et rouge, mais fier de la stupéfaction qu'il provoquait, droit sur ses béquilles, riant dans sa barbe rousse, il dit d'une voix éclatante :

— Salut à tous !

Puis s'adressant aux femmes groupées, qui se penchaient au fond de la salle, et caquetaient déjà :

— Qui veut danser une ronde avec moi, mes

galantes ?... Qu'avez-vous à me regarder comme ça ? Je ne reviens pas. J'amène mon frère, le beau Driot, pour faire vis-à-vis.

On le vit s'avancer, et derrière lui le dernier fils de la Fromentière, mince et haut, la main au front, saluant militairement. Alors, dans toute la salle, ce furent des éclats de rire, des questions, des bonjours. Les danseuses se précipitèrent vers eux aussi vite qu'elles s'étaient écartées. Des mains d'hommes se tendirent de toutes parts. Les éclats sonores de la voix du vieux Gauvrit dominèrent le tumulte. Du fond de la seconde chambre, il criait, déjà un peu pris de vin :

— La plus belle fille pour danser avec Mathurin ! La plus belle ! Qu'elle se montre !

Ce ne fut pas pour obéir à son père que Félicité Gauvrit s'avança. Mais, un instant décontenancée par cette brusque entrée, observée par les femmes et par les hommes, elle comprit qu'elle devait payer d'audace, et, s'approchant de Mathurin Lumineau, ses yeux noirs dans les yeux de l'infirme, elle lui jeta les bras autour du cou, et l'embrassa.

— Je l'embrasse, dit-elle, parce qu'il a plus de courage que la moitié des gars de la paroisse. C'est moi qui l'avais invité !

Étourdi, enivré par tous les souvenirs qui s'éveillaient en lui, Mathurin se déroba une fois de plus. On le vit pâlir, et, tournant sur ses béquilles, fendre le groupe d'hommes qui se trouvait à sa gauche, en disant :

— Place, place, mes gars, je veux m'asseoir !

Il s'assit, dans la seconde chambre, à côté de

plusieurs anciens, dont le vieux Gauvrit, qui s'écartèrent, et, pour première marque de bienvenue, lui versèrent un plein verre de vin blanc de Sallertaine. Selon l'usage et la formule consacrée, il leva le verre, et dit, tout pâle encore :

— À vous tous, je bois de cœur et d'amour !

Bientôt, il parut oublié, et les danses reprirent.

La métairie où l'on veillait, une des plus neuves du Marais, était divisée en deux pièces inégales. Dans la plus petite, quelques hommes, retirés des plaisirs bruyants de la danse, buvaient et jouaient des parties de luette avec le maître de la maison. Dans l'autre, par où les Lumineau venaient d'entrer, on dansait. Les tables avaient été rangées le long des murs, entre les lits : les rideaux de ceux-ci, relevés de peur des accrocs, s'étalaient sur les courtes-pointes. Une demi-douzaine de matrones, qui avaient accompagné leurs filles, se tenaient autour de la cheminée, devant un feu de bouses sèches, — le bois de ce pays sans arbres, — et sur la plaque du foyer, chacune avait sa tasse, où elle buvait, à petits coups, du café mélangé d'eau-de-vie. En arrière, des lampes à pétrole posées un peu partout éclairaient les groupes des danseurs. Ils étaient à l'étroit. Une atmosphère fumeuse, une odeur de sueur et de vin remplissait la maison. L'air glacé du dehors soufflait par le bas de la porte et, parfois, faisait frissonner les Maraîchines sous leur lourde robe de laine. Mais peu importait. Dans la salle, c'était un débordement de rires, de paroles et de mouvement. Jeunes gens, jeunes filles, ils venaient des fermes isolées, bloquées par l'inondation périodique ; ils étaient las de repos et de rêve. Une fièvre agitait ces reclus, pour peu de temps échappés et rendus à la vie commune. Tout à l'heure, sur l'immense nappe tremblante et muette, toute cette joie se disperserait. Ils le savaient. Ils profitaient de l'heure brève.

Les danses recommencèrent donc, tantôt la maraîchine, sauterie à quatre, espèce de bourrée ancienne, que les assistants soutenaient d'un bourdonnement rythmé ; tantôt des rondes chantées par une voix d'homme ou de femme, reprises en chœur et accompagnées par un accordéon que manœuvrait un gamin de douze ans, bossu et souffreteux ; tantôt des danses modernes, quadrilles ou polkas, pour lesquelles il n'y avait qu'un seul air dont la mesure seule variait. La plupart des jeunes filles dansaient bien, quelques unes avec un sentiment vif du rythme et de l'attitude. Autour de leur ceinture, les plus soigneuses et les mieux habillées avaient noué un mouchoir blanc, pour que le danseur ne gâtât pas l'étoffe de la robe quand, après chaque refrain, il enlevait sa danseuse à bout de bras et la faisait sauter le plus haut possible, afin de montrer la légèreté des Maraîchines et la force des Maraîchins. On se retrouvait, gens de la même paroisse et du même coin, on poursuivait les intrigues de l'hiver précédent, on se parlait d'amour pour la première fois, on se donnait rendez-vous au marché de Challans ou à quelque veillée prochaine dans une autre ferme, on se montrait les nouveaux venus. Parmi ces derniers, André Lumineau était le plus recherché, le plus gai, le moins embarrassé pour inventer des choses drôles et les dire.

Les heures passaient. Deux fois, le père Gauvrit avait traversé les deux chambres, ouvert la porte, et prononcé :

— La lune monte et on la verra bientôt, le vent s'élève et il gèle dur.

Puis, il était revenu prendre sa place autour de la table où les joueurs de luette l'attendaient, entre deux armoires. Mathurin Lumineau avait consenti à jouer. Mais il jouait distraitement, et regardait moins ses cartes qu'il ne guettait le passage, les mots, les gestes de Félicité Gauvrit. Déjà, à plusieurs reprises, l'habile et superbe fille s'était arrêtée avec son danseur dans la seconde pièce, pour échanger quelques paroles avec Mathurin. Elle rayonnait d'orgueil. Sur sa figure hardie, régulière, qui dominait la plupart des bonnets de tulle, elle portait la joie de son triomphe, car après six ans, la folie d'amour qu'elle avait inspirée durait encore, et lui ramenait les fils de la Fromentière.

Il était dix heures. Une petite Maraîchine, au visage rousselé comme le plumage d'une grive, lança les premières notes d'une ronde :

Quand j'étais chez mon père,
Petite à la maison,
M'en fus à la fontaine,
Pour cueillir du cresson.

Vingt voix de jeunes gars, et autant de voix de femmes reprirent en chœur :

Les canes, canes, les canetons,
Les canes de mon père, dans les marais s'en vont !

Et la ronde tourna dans les deux chambres. À ce

moment, Félicité Gauvrit, qui avait refusé de prendre place dans la chaîne des danseurs, s'approcha de la table où était Mathurin, et celui-ci, aussitôt, jeta les cartes à un de ses voisins, et se leva entre ses béquilles.

— Restez, Mathurin, dit-elle. Ne vous gênez pas pour moi : je viens les voir danser.

Mais elle avançait une chaise, dans le coin de la pièce, et aidait Mathurin à s'y asseoir, et elle-même s'asseyait près de lui. Ils étaient dans la demi-ombre que projetait l'armoire. L'infirme ne regardait point Félicité Gauvrit, et elle ne le regardait pas davantage. Ils se trouvaient côte à côte, devant l'armoire de cerisier, et leurs yeux semblaient s'intéresser à ces danseurs qui passaient et repassaient dans la chambre. Mais, ce qu'ils voyaient, c'était tout autre chose : l'un le passé, les rendez-vous d'amour, les serments échangés, le retour de Challans dans la charrette, l'affreuse souffrance prolongée pendant des années, l'abandon, qui prenait fin en cette minute même ; l'autre apercevait l'avenir possible et peut-être prochain, les salles de la Fromentière où elle commanderait, le banc d'église où elle trônerait le dimanche, les saluts qu'elle recevrait des filles les plus fières du pays, et le mari qu'elle aurait, ce cadet des Lumineau, André, qui menait là-bas la ronde avec une enfant de quinze ans, celle qui chantait les couplets.

Mathurin parlait à voix basse, par petits mots que l'émotion coupait de silences ; et il était pâle, et il avait peur que cette minute de bonheur ne fût déjà finie. La fille de la Seulière, les mains à plat sur son tablier, grave, réservée, répondait sans se hâter, des phrases que personne n'entendait. Bien des yeux se tournaient vers le couple étrange que formaient les fiancés d'autrefois. La ronde tournait. Le refrain faisait sonner les murs.

La voix claire et rieuse de la petite Maraîchine chantait :

*La fontaine est profonde,
Coulée y suis au fond.
Par le chemin z'il passe
Trois cavaliers barons.
« Que donnerez-vous, belle ?
Et nous vous tirerons ?
— Retirez-moi, dit-elle,
Après ça nous verrons. »
Quand la belle fut tirée,
S'en fut à la maison,
Se mit à la fenêtre,
Chantit une chanson.
« Ce n'est point ça, la belle,
Que nous vous demandions :
Ce sont vos amitiés,
Si nous les méritons. »*

La danse s'animait de plus en plus. Les grands gars maraîchins prenaient les jeunes filles par la taille, et les faisaient sauter si haut que les coiffes de mousseline touchaient le plafond. Les commères buvaient une dernière tasse de café. Les joueurs de luette regardaient la sarabande se démener dans la poussière, dans la lumière inégale des lampes qui fumaient. Mathurin et Félicité, plus rapprochés, causaient toujours. Mais la fille de la Seulière avait abandonné une de ses mains entre celles de l'infirme, et c'étaient les mains velues et démesurées qui tremblaient, et c'était la petite main blanche qui semblait ne pas comprendre ou ne pas vouloir répondre.

La ronde finissait :

> *« Mes amitiés, dit-elle,*
> *Sont point pour des barons ;*
> *Ell' sont pour le gars Pierre,*
> *Le valet de la maison. »*

Félicité, pour la première fois, regarda Mathurin, et dit en riant, d'un ton de confidence :

— C'est l'histoire de Rousille, cette chanson-là !

— Vous ne savez pas ce qu'elle voulait ? repartit vivement Mathurin : se marier avec notre valet, devenir la maîtresse de la Fromentière. Mais, moi, je veillais ! J'ai fait chasser le Jean Nesmy. Et je vous jure qu'il ne reparaîtra pas de sitôt à la maison. À présent…

Il baissa la voix, il se pencha, le bout de ses cheveux fauves toucha la pointe du bonnet blanc qui ne recula pas :

— À présent, si tu veux encore de moi, Félicité, c'est toi qui seras la maîtresse de la Fromentière !

Elle n'eut pas le temps de préparer une réponse. Elle se trouva debout. Le dernier refrain de la ronde avait fini dans un murmure d'étonnement. Un homme était entré, et s'était avancé dans la première chambre jusqu'au milieu. Il dépassait les groupes de toute sa tête blanche, coiffée du chapeau qu'il n'avait pas même touché du doigt en entrant. Ses vêtements étaient couverts de gelée. Sur le bras gauche, il portait un vieux manteau, une loque brune, qui pendait. Et, sévère de visage, les yeux demi-fermés à cause de l'éclat des lumières, il cherchait quelqu'un. Tous s'écartèrent devant le métayer de la Fromentière.

— Mes gars sont ici ? demanda-t-il.

— Oui donc, répondit une voix derrière lui. Me voici, père !

— Bien, Driot, fit l'ancien, sans se retourner. Je n'ai pas peur pour toi, quoique ça ne soit pas ici la place de mes enfants. Mais, en vérité, il gèle à croire que tout le Marais sera pris avant le soleil levant. Et Mathurin pourrait en mourir, blessé comme il est ! Pourquoi l'as-tu amené ?

Dans le silence de tous, le métayer parcourut du regard la grande salle. Un mouvement de quelques-uns des assistants lui désigna Mathurin au fond de la salle voisine. Le père aperçut l'infirme et, près de lui, celle qui avait été cause de tant de souffrances et de larmes.

— La garce ! murmura-t-il. Elle l'aguiche encore !

Et il fendit impérieusement les groupes, ses épaules rejetant les danseurs à droite et à gauche.

— Gauvrit, dit-il en saluant de la tête le bonhomme qui s'était levé et s'avançait en titubant, Gauvrit, ça n'est pas pour te faire un affront. Mais j'emmène mes gars. La mort est dans le Marais, par des temps pareils.

— Je ne pouvais pas empêcher tes fils de venir, balbutia Gauvrit. Je t'assure, Toussaint Lumineau…

Sans l'écouter, le métayer haussa la voix :

— Hors d'ici Mathurin ! dit-il. Et prends la couverte que j'ai apportée pour toi !

Il jeta le vieux manteau ruiné sur les épaules de l'infirme, qui se leva sans mot dire, comme un enfant, et suivit le père. Les assistants, quelques-uns moqueurs, la plupart émus, regardaient cet ancien qui, à travers tout le Marais, venait arracher son fils à la veillée de la Seulière. Des filles disaient entre elles : « Il n'a pas eu seulement une parole pour la Félicité » ; d'autres : « Il devait être beau, quand il était jeune. » Il y eut une voix, celle de la petite qui avait chanté la ronde, qui murmura : « André est tout le portrait de son père ».

Ni Toussaint Lumineau ni ses fils n'entendirent. La porte de la Seulière se refermait derrière eux. Ils tombaient brusquement dans la nuit où courait le vent glacé. Les nuages étaient remontés très haut. Emportés à une allure désordonnée, fondus en larges masses, ils formaient des nappes d'ombre, successives, dont la lune argentait les bords. Le froid pénétrait les vêtements et traversait la chair. La mort passait, pour les faibles. Le métayer qui savait le danger, dégagea au plus vite les deux yoles arrêtées parmi d'autres au port de la Seulière. Il monta dans la première, fit signe à Mathurin de se coucher au fond, et poussa au large. L'infirme obéit encore. Pelotonné sur le plancher du bateau, couvert du manteau de laine, il ressembla bientôt, immobile, à un morceau de goémon. Mais, sans qu'on y prît garde, il s'était étendu, la tête tournée du côté de la Seulière, et, soulevant d'un doigt l'étoffe qui le protégeait, il regardait la ferme. Tant que la distance et les talus des canaux lui permirent de distinguer la raie lumineuse de la porte, il demeura les yeux attachés sur cette lueur pâlissante, qui lui rappelait maintenant un souvenir nouveau. Puis le manteau retomba, couvrant le visage joyeux et en larmes de l'infirme. André suivait, dans la seconde yole.

Par les mêmes fossés, le long des mêmes prés, ils repassaient, luttant contre les rafales de vent qui soufflaient. La tempête se déchaînait et empêchait la glace de s'étendre. Le métayer, qui n'avait plus l'habitude de yoler, n'avançait pas beaucoup. De loin en loin, il disait :

— Tu n'as pas trop froid, Mathurin ?

Et, d'une voix un peu plus haute :

— Es-tu toujours là, André ?

Dans le sillage, une voix jeune répondait :

— Ça va !

La fatigue était grande, mais il s'y mêlait de la joie de ramener les deux fils. Le métayer, sans raison apparente, et bien qu'il fût des semaines sans penser à elle, songeait, en ce moment, à la mère Lumineau. « Elle doit être contente de moi, rêvait-il, parce que j'ai enlevé Mathurin à la Seulière. » Et parfois il croyait voir, au détour des canaux, des yeux bleus pareils à ceux de la vieille mère, qui souriaient, et puis s'inclinaient et se couchaient avec les roseaux, sous la yole. Alors il s'essuyait les paupières avec sa manche, il se secouait pour dissiper l'engourdissement qui le saisissait, et il répétait à l'un de ses enfants :

— Es-tu toujours là ?

Le second fils, lui, ne rêvait pas. Il réfléchissait à ce qu'il venait de voir et d'entendre, à la passion insensée de Mathurin, à la violence de cet homme qui rendrait difficile, quand le père ne serait plus, la vie d'un chef de ferme à la Fromentière. Ce soir-là, dans son esprit inquiet, la tentation des terres nouvelles avait encore grandi.

Les yoles, avec le temps, gagnèrent le pré aux canes.

11

LE SONGE D'AMOUR DE ROUSILLE

Les après-midi de dimanche étaient maintenant pour Rousille des heures de solitude. Elle ne pouvait retourner au bourg et assister aux vêpres que si le valet gardait la maison. Et une fois par quinzaine, il avait stipulé qu'il pourrait se rendre à Saint-Jean-de-Mont, chez sa sœur Finette, qui était sourde-muette. Mathurin, qui restait autrefois à la Fromentière tous les jours de sa triste vie, ne manquait plus la grand'messe de Sallertaine, rencontrait Félicité Gauvrit, la saluait sans lui parler le plus souvent, pour ne pas déplaire au métayer, la regardait passer sur la place, et, sitôt après, s'attablait dans les auberges avec les joueurs de luette. Quant à André, il semblait à présent ne plus tenir à cette maison de la Fromentière, et le dimanche, dès qu'il le pouvait, il s'échappait, pour courir les villages, près de la mer, recherchant de préférence les anciens marins et les voyageurs qui parlaient des pays où l'on fait fortune.

Rousille ignorait ce qui attirait ainsi son frère au loin. Une fois, elle s'était plainte à lui, gentiment, qu'on la laissât toute seule. Il s'était mis à rire, d'abord. Puis le rire était tombé, rapidement, et André avait dit :

— Ne te plains pas si je te laisse seule, Rousille. Tu profiteras peut-être un jour de mes promenades. Je travaille pour toi.

Le quatrième dimanche de janvier, la Fromentière était donc gardée par Rousille. Mais Rousille ne s'ennuyait pas. Elle s'était abritée derrière la ferme, dans l'aire à battre, au pied du grand pailler, le visage tourné vers le Marais qu'on apercevait entre deux buissons de la haie. Le vent du nord l'aurait glacée, mais la paille, autour d'elle, conservait la chaleur comme un nid. Rousille avait la tête enfoncée, les coudes rentrés dans l'épaisseur molle des dernières fourchées qu'on avait tirées du tas, mais qu'on n'avait pas encore enlevées. Elle pouvait voir, tant l'air était limpide, le clocher du Perrier, les fermes les plus éloignées, et jusqu'aux bandes rougeâtres, qu'on ne découvre que rarement, et qui sont les dunes boisées de pins dont la mer est bordée, à plus de trois lieues. Elle regardait de ce côté-là, mais son esprit allait plus loin que le pré du père, plus loin que le grand Marais, plus loin que l'horizon, car Jean Nesmy avait écrit.

Rousille avait dans sa poche la lettre qu'elle touchait du bout de ses doigts. Depuis le matin, elle savait par cœur et se récitait à elle-même la lettre de

Jean Nesmy. Le sourire ne quittait pas ses lèvres, si ce n'est pour monter à ses yeux. L'inquiétude était refoulée, oubliée : on l'aimait toujours, la petite Rousille. La lettre en faisait foi. Elle disait :

Le Château, paroisse des Châtelliers, 25 janvier.

« Ma chère amie,
« Nous sommes tous en bonne santé, et c'est de même chez vous, je l'espère, quoique l'on ne soit jamais sûr quand on est si loin. Je me suis loué dans une métairie qui est sur un dos de colline, en sortant de la lande de Nouzillac dont je vous ai parlé. On a bien six clochers autour de soi, quand il fait beau, et je pense que, n'était la montagne de Saint-Michel, on apercevrait les arbres du Marais où vous êtes. Malgré ça, moi, je vous vois toujours devant mes yeux. Le samedi, d'ordinaire, je reviens chez la mère Nesmy, ainsi que mon frère, le plus grand après moi, qui s'est loué aussi chez des métayers de la Flocellière. Nous causons de vous, chez la mère, et je dis souvent que je ne suis pas si heureux que je l'étais avant de vous connaître, ou que je le serais, si tout le monde à la maison vous connaissait. Ils savent votre nom, par exemple ! Les plus petits et ma sœur Noémi, quand ils viennent le samedi soir à ma redevance, dans les chemins, crient, pour me faire rire : « As-tu des nouvelles de Rousille ? » Mais la maman Nesmy ne veut pas croire que vous ayez de l'amitié pour moi, parce que nous sommes trop pauvres. Si seulement elle vous voyait, elle comprendrait que c'est pour la vie. Et je passe mon

temps de dimanche à lui conter comment c'était à la Fromentière.

« Rousille, voilà quatre mois que je ne vous ai vue, selon ce que vous m'aviez commandé. J'ai su seulement, à la foire de Pouzauges, par un du Marais qui venait acheter du bois, que votre frère André était rentré au pays, et qu'il travaille comme le métayer de la Fromentière aime qu'on travaille chez lui ; aussi je ne serai pas longtemps sans retourner vous voir. J'arriverai un soir, quand les hommes seront encore dehors, et que vous penserez peut-être à moi, en faisant cuire la soupe dans la grande salle. Je m'approcherai du côté de l'aire, et quand vous m'entendrez ou que vous me verrez, ouvrez la fenêtre, Rousille, et dites-moi, avec un de vos petits regards de sourire, dites-moi que vous avez toujours pour moi de l'amitié. Alors la mère Nesmy fera le voyage, comme cela se doit, et vous demandera à votre père, et s'il dit oui, je vous jure par mon baptême que je vous emmènerai chez moi, pour être ma femme. Je vous ai dans le sang ; je n'ai point d'autre idée dans l'esprit ; je n'ai pas d'autre bonne amie dans le cœur. Portez-vous bien. Je vous salue de tout mon cœur.

« JEAN NESMY ».

Une à une, comme les grains du chapelet qu'on égrène et qui se mettent d'eux-mêmes sous les doigts, les phrases de la lettre repassaient dans la mémoire de Marie-Rose, et l'image de Jean Nesmy était devant ses yeux, grands ouverts sur la campagne. La jeune fille le revoyait serré dans sa veste à boutons de corne, avec son visage osseux, ses yeux ardents qui riaient pour elle seulement et pour les beaux travaux finis, quand, à la tombée du jour, la faucille pendue à son bras nu, il regardait les javelles qu'il avait abattues et liées dans les chaumes. « Le père ne parle plus contre lui, songeait-elle. Même il l'a défendu une fois contre Mathurin. Moi, il ne m'a pas vue me plaindre, ni refuser le travail, et je crois qu'il me veut du bien de l'avoir servi de mon mieux. Si André s'établissait à présent, et amenait une autre femme à la Fromentière, mon père ne refuserait pas, peut-être, de me laisser me marier. Et m'est avis que cet André a des raisons pour s'absenter le dimanche, et pour se promener comme il fait à Saint-Jean, au Perrier, à Saint-Gervais… »

Elle souriait. Ses yeux avaient pris la couleur de la paille fraîche qui l'enveloppait…

— J'ai appris, dans Saint-Jean-de-Mont, qu'on allait vendre les meubles du château, mon père !

Toussaint Lumineau resta sans comprendre, un moment.

— Oui, tous les meubles, répéta André. Les journaux l'annoncent. Tenez, si vous n'y croyez pas, voici la liste ! Elle est complète.

Il tira de sa poche un journal, et désigna du doigt une annonce, où le père lut laborieusement :

« Le dimanche 20 février, à huit heures du matin, il sera procédé par le ministère de maître Oulry, notaire à Challans, à la vente du mobilier du château de la Fromentière. On vendra : meubles de salon et de salle à manger, tapisseries anciennes, bahuts, tableaux, lits, tables, vaisselle, cristaux, vins, armes de chasse, garde-robe, bibliothèque, etc. »

— Eh bien ? demanda André.

— Oh ! dit le père, qui est-ce qui aurait dit cela, voilà huit ans ? Ils sont donc devenus pauvres à Paris ?

Il resta silencieux, ne voulant pas juger trop durement son maître.

— C'est la ruine, dit André. Après les meubles, ils vendront la terre, et nous avec !

Le chef de la Fromentière, successeur de tant de métayers des mêmes maîtres, se trouvait au milieu de la salle. Il leva ses paupières fatiguées, jusqu'à ce que ses yeux reçussent l'image du petit crucifix de cuivre pendu à la tête du lit. Puis il les rabaissa, en signe d'acceptation.

— Ça sera un grand malheur, dit-il ; mais ça n'empêchera pas de travailler !

Et il sortit, peut-être pour pleurer.

12

L'ENCAN

Le 20 février était l'époque qu'il avait secrètement arrêtée pour quitter la Fromentière, quatre jours avant le départ d'un navire d'émigrants qu'il devait rejoindre à Anvers. Sa violence n'était pas faite de haine, mais du chagrin qui grandissait en lui. Il essayait de médire de la Fromentière, parce qu'il allait l'abandonner et qu'il l'aimait encore.

Et ainsi le dimanche 20 février arriva.

Ce jour-là, le château de la Fromentière sortit de son silence, mais pour quel bruit et quelles conversations ! Il revit des visiteurs, mais lesquels ! Il était venu du monde de très loin, des marchands de curiosités de Nantes, de la Rochelle et de Paris. Avant huit heures du matin, on se montrait, devant le perron à deux branches du château, quelques hommes rougeauds, courts, replets, dont plusieurs avaient des barbes rousses et des nez de tiercelets, et qui causaient discrètement, assis sur des chaises, — à vendre, — qu'on avait disposées en lignes dans l'espace libre, sablé de ce gros sable qui craquait si bien autrefois sous la roue des voitures. Sur la plus haute marche, devenue une estrade, se tenaient le notaire, maître Oulry, discrètement joyeux derrière ses lunettes ; le crieur public, indifférent, comme un fossoyeur, à tant de reliques dont il allait annoncer la dispersion ; les déménageurs en manches de chemise malgré le froid de la saison. Les deux escaliers de pierre, tachés de boue, salis jusqu'à la moitié des balustrades, disaient le flot des visiteurs admis la veille et l'avant-veille à pénétrer dans le château. Un certain nombre de curieux erraient encore à l'intérieur, profitant de la première occasion qu'ils avaient de voir une demeure seigneuriale.

Enfin, un seul des Lumineau assistait à la vente, Mathurin, l'infirme pour qui tout spectacle nouveau, même pénible, était une trêve à la douleur et à l'ennui. Quand il avait annoncé : « J'irai », le père avait dit :

— Moi, ça me ferait faire trop de mauvais sang. Vas-y, puisque tu peux voir des choses pareilles, et quand ils en seront à vendre les hardes, préviens-moi, Mathurin ; parce que je veux avoir un souvenir de monsieur le marquis.

À gauche du perron, assez loin du cercle que formait la foule, Mathurin Lumineau s'était assis à la lisière d'un massif d'arbres verts. Enveloppé de sa capote de laine brune, plus taciturne, plus songeur que jamais, il avait fini par se dissimuler à peu près entre les branches de deux sapins, et, de là, comme à l'affût, il écoutait, et il promenait sur la façade du château, sur les acheteurs et les passants, son regard bleu, où, par moments, la colère s'allumait.

À huit heures et demie, les enchères commencèrent.

André rentra le dernier, à près de huit heures. Le métayer avait voulu l'attendre pour souper. Il s'était assis, avec Mathurin, sous l'auvent de la cheminée, et, se chauffant, prenant et maniant la canne de Monsieur Henri chacun à son tour, ils parlaient de la triste journée qui s'achevait ; des hommes de Sallertaine qui avaient suivi les enchères ; des ouvriers qu'on avait entendus, à la dernière minute, reclouer les voliges sur les fenêtres basses, et des lumières qu'on avait vues errer derrière les vitres des étages, comme aux jours d'autrefois, quand la haute maison blanche était pleine d'invités.

— Nos maîtres ne reviendront plus, disait Toussaint Lumineau. Moi qui avais toujours cru en eux ! C'est fini !

— C'est fini ! répéta André, en montant dans l'ombre, les marchés du seuil. Je suis content de n'avoir pas vu ça.

Il avait l'air las et ému. Le tour de ses yeux était brillant, comme si le beau jeune Maraîchin allait pleurer. Toussaint Lumineau crut que la honte de cette vente publique, dont lui-même avait tant souffert, avait touché de la même manière le cœur de son enfant, et que c'était l'unique raison de la longue absence de Driot.

— Mets-toi à table, dit-il, tu dois avoir appétit. La soupe est prête.

— Non, je n'ai pas faim, dit André.

— Ni moi, dit le père.

Mathurin seul se traîna jusqu'au banc, et se servit une assiette de soupe, tandis que le père, demeurait assis devant le feu et que Driot, debout, l'épaule appuyée contre l'angle saillant du mur, sous l'auvent, considérait alternativement son père et son frère.

— Où donc as-tu été ? demanda le métayer.

André fit un geste en guirlande :

— De l'un chez l'autre : chez votre ami Guérineau, de la Pinçonnière ; chez le meunier de Moque-Souris ; aux Levrelles ; chez les Massonneau…

— Bon homme, le Glorieux, interrompit le père, bonne famille, la sienne.

— J'ai été voir aussi les Ricolleau de Malabrit…

— Si loin que ça !

— Les Ertus de la Parée du Mont…

Toussaint Lumineau fixa, cherchant à deviner, les yeux clairs de son fils.

— Qu'avais-tu à faire chez tant de monde, mon gars ?

— Une idée…

Il ne put soutenir longtemps l'interrogatoire du regard paternel, et se mit à considérer l'angle sombre où était le lit.

— Une idée… Tenez, pendant que j'étais en route j'aurais voulu faire le tour complet, et m'en aller jusqu'à la Roche, voir François.

— François ? murmura le métayer… Tu es donc

comme moi, mon bon gars : tu as souvent ta pensée devers lui ?

Lentement, le jeune homme hocha la tête, et répondit :

— Oui, ce soir surtout, ce soir plus que tous les soirs de ma vie, j'aurais voulu l'avoir à côté de moi.

Les mots d'André étaient dits avec une si forte émotion, avec une solennité si douloureuse, que Mathurin, qui ne savait pas la date du départ d'André, comprit qu'elle était arrivée, et qu'André n'avait plus que des minutes à vivre à la Fromentière. Un flot de sang lui monta au visage ; ses lèvres s'entr'ouvrirent ; un tremblement s'empara de tout son corps, tandis que ses yeux, sans un battement de paupières, s'attachaient sur André. Ils luisaient d'une vie extraordinaire, ces yeux où il y avait de l'orgueil triomphant et aussi, en cette heure suprême, un peu de pitié et d'amitié, de remords peut-être. André devina qu'ils lui disaient adieu.

Le père, cependant, rapprochait sa chaise de la table, et, levant la canne, horizontalement, à la hauteur de la lampe, pour qu'André la vît mieux, il caressait l'anneau d'or avec ses doigts qui avaient de la terre aux jointures. Il croyait la pensée de son fils déjà revenue au présent, ou tendue vers le même avenir que la sienne.

— Moi, dit-il, voilà ce que j'ai acheté, en souvenir de Monsieur Henri… Bien souvent il a tapé contre ma porte avec le bout de cette canne là : « Pan ! pan ! pan ! Es-tu là, mon vieux Lumineau ? » André, quand tu seras le maître à la Fromentière…

Le jeune homme, qui était derrière le métayer, sentit, à ces mots-là, tout son courage se fondre. Il ne put retenir ses larmes, et craignant que le père ne se détournât vers lui, il se recula silencieusement, du côté de la porte.

Toussaint Lumineau ne l'entendit pas. Il continua :

— Quand tu seras le maître à la Fromentière, tu ne verras plus jamais nos maîtres. Je croyais que la métairie ne serait pas vendue... Je l'espère encore un peu, mais nos marquis ne reparaîtront plus... Mon gars, les temps qui viennent pour toi ne ressembleront pas à ceux que j'ai connus !

Driot pleurait, en regardant les vieux murs de la salle, à l'endroit où ils étaient usés par l'épaule des Lumineau.

— Ne t'en fais pas de chagrin, mon petit : si les maîtres s'en vont, la terre reste !

Driot pleurait, en regardant le chapelet de la mère Lumineau, pendu au chevet du lit.

— La terre est bonne, quoique tu aies mal parlé d'elle. Tu le reconnaîtras.

Driot pleurait en regardant Mathurin.

— Tu te feras à elle, et elle aussi se fera à toi !

Driot pleurait en regardant le père, qui maniait toujours la canne blonde.

Il considéra un peu de temps, dans la lumière de la lampe, les mains lasses, les mains calleuses, entaillées de blessures faites au service de la famille, pour la secourir et l'élever, les mains jamais découragées. Et poussé par le respect, par le chagrin aussi, il fit une chose qui ne se faisait plus à la Fromentière, depuis que les fils étaient grands et que la mère était morte. Il s'avança dans l'ombre derrière le père, se pencha, et embrassa l'ancien sur son front ridé.

— Brave gars ! dit Toussaint Lumineau, en lui rendant son baiser.

— Je vais me coucher, murmura André : je n'en peux plus !

Il serra la main de Mathurin, d'une étreinte rapide.

Mais il mit longtemps à faire les dix pas qui le séparaient de la porte intérieure communiquant avec la décharge où travaillait Rousille. En fermant la porte, il regardait encore dans la salle, par la fente qui diminuait. Puis on l'entendit parler un peu avec sa sœur. Puis on ne l'entendit plus.

La grande nuit enveloppait la ferme. Et c'était la dernière où le toit de la Fromentière devait abriter Driot.

Une heure plus tard, les passants qui se seraient égarés dans les chemins, apercevant cette masse confuse de bâtiments et de feuillages, plus sombre que la brume et silencieuse comme elle, auraient pensé sûrement que tout dormait à la métairie. À l'exception du valet, ceux qui l'habitaient cependant, veillaient tous.

Mathurin, trop ému, n'avait cessé de s'agiter et de parler. La lumière éteinte, la conversation avait continué entre le père et le fils, dont les lits se faisaient suite le long du mur. Ne pouvant rien dire de cette fuite d'André, dont l'image s'imposait à lui sans relâche, avec la persistance et l'effroi d'un cauchemar, l'infirme se jetait d'un sujet à l'autre. Et le père n'arrivait pas à le calmer.

— Je vous assure que j'ai vu le Boquin. J'étais loin de lui, mais je le déteste trop pour me tromper sur son compte : il avait une manière de courir en se cachant comme un furet, il avait des hardes brunes, et sur son chapeau quelque chose de roux comme des feuilles de chêne.

— Dors, Mathurin, tu as mal vu.

— En effet, ça devait être des feuilles de chêne. Quand il était ici, il en mettait des fois à son chapeau, par gloriole, pour signifier que son pays était plus couvert que le nôtre et mieux pavoisé d'arbres. Ah ! le dannion ! Si j'avais pu courir !

— Tu n'aurais rien trouvé, mon pauvre gars. Il est dans le Bocage de chez lui. Que serait-il venu faire à la vente du marquis ?

— Voir ma sœur, donc ! Peut-être même il lui a parlé, mais je ne suis pas sûr, parce que la nuit tombait entre Rousille et moi.

Le père couché dans son grand lit à baldaquin, soupirait, et disait :

— Toujours ta sœur ! Tu te donnes trop de tourment contre elle. Dors, Mathurin : ils n'oseraient se parler ; ils savent que je ne les accorderai point.

— C'est vrai qu'on remue dans la boulangerie, dit Jean Nesmy.

La porte était poussée doucement, et le verrou frémissait dans son armature de fer.

Rousille devint toute blanche de visage. Mais elle avait dans les veines un sang de braves, et, por-

139

tant la lumière aussi éloignée de son corps que possible, elle traversa sans bruit la chambre, enleva le verrou avec précaution, et ouvrit brusquement la porte.

Une ombre fila dans la chambre, tourna autour, et revint sur Rousille, qui reconnut Bas-Rouge.

— Que faisais-tu là ? demanda Rousille. D'où viens-tu ?

Un courant d'air violent soufflait de la pièce voisine.

— La porte du dehors n'a donc pas été fermée ?

La jeune fille jeta un coup d'œil du côté de la fenêtre, et entrevit la figure de Jean Nesmy. Puis elle s'avança dans la boulangerie. Les corbeilles de paille, la huche, l'échelle qui montait au grenier, les fagots pour la prochaine fournée, toute l'image ordinaire apparut. Mais la porte qui donnait accès dans la dernière chambre, celle d'André, était ouverte. Rousille continua d'avancer. Le vent éteignit presque la chandelle qu'elle dut protéger de sa main. Le vent venait librement de la cour. Oui, André était sorti… Elle courut au lit ; le lit n'était pas défait… Un doute la prit, qu'elle repoussa d'abord. Elle pensait à François. Ces larmes d'André, la veille, son trouble… « O mon Dieu ! » murmura-t-elle. Prompte, elle se baissa, elle inclina la chandelle, pour voir sous le lit, où André serrait ses deux paires de souliers et ses bottes de voyage : tout avait disparu. Elle ouvrit le coffre aux vêtements : il était vide. Elle revint dans la boulangerie, grimpa par l'échelle jusqu'au grenier. Là, dans le coin à droite, à côté du tas de blé, elle devait trouver la petite malle noire, celle qu'il avait rapportée d'Afrique. Elle leva la lumière : la petite malle n'était plus là. Toutes les preuves concordaient. Le malheur était sûr.

Alors, affolée, descendant en toute hâte, ne pouvant garder son secret, elle cria :

— Père !

Une voix répondit assourdie par les murs :

— Qu'y a-t-il ?

— Driot qui n'est plus là !

Elle courait, en criant ainsi. Elle traversa la chambre. Derrière la fenêtre grillée, ses yeux qui cherchaient crurent apercevoir une ombre.

— Adieu, Jean Nesmy ! dit-elle sans s'arrêter. Ne reviens jamais ! Nous sommes perdus !

Elle disparut, entra dans la décharge, alla jusqu'à la porte de la grande salle où couchait son père.

Éveillé dans le premier sommeil, n'ayant compris qu'à moitié, il apparut tout à coup, sévère de visage, dans la clarté de la chandelle que tenait sa fille.

— Pourquoi cries-tu donc ? demanda-t-il. Il ne peut pas être loin.

Cependant, en voyant l'air d'épouvante qu'avait Rousille, il pensa, lui aussi, à François, et il se mit à trembler, et il la suivit.

Ils parcoururent toute la maison dans sa longueur ; ils pénétrèrent dans la chambre d'André, et Rousille s'effaça pour laisser passer le métayer. Il n'alla pas bien loin : il regarda le lit qui n'était point défait, et cela lui suffit pour comprendre. Un moment il demeura immobile. Les larmes l'aveuglaient. Puis il marcha vers la cour, en chancelant ; sur le seuil, il se retint aux deux montants du mur ; il prit une longue respiration, comme s'il voulait appeler dans la nuit, mais il ne sorti de sa bouche qu'un son étouffé, à peine saisissable :

— Mon Driot !

Et le grand vieux, saisi par le froid, tomba évanoui sur la terre de la chambre.

En même temps, du fond de la maison, là-bas, Mathurin s'échappait en jurant, en heurtant les meubles et les murs de sa tête et de ses béquilles.

— À moi ! criait-il, viens donc, Rousille ! Je veux voir.

Rousille s'était agenouillée près du père et l'embrassait en pleurant. Dans la cour, le valet, attiré par le bruit, s'avançait avec une lanterne.

13

CEUX DE LA VILLE

Le métayer reprit vite connaissance. Il se redressa, regarda autour de lui, et, apercevant Mathurin qui se lamentait et disait : « Il est mort ! » répondit :

— Non, mon ami, je tiens toujours bon.

Aidé par le valet, il se recoucha.

Le lendemain, dès l'aube, il était dehors, et commençait une tournée à travers les fermes, afin d'apprendre quelque chose touchant le sort de son fils. Ni Mathurin, ni le valet, paraît-il, n'avaient eu le moindre soupçon de cette fuite d'André. Ils n'avaient rien vu, rien entendu. Toussaint Lumineau allait donc s'adresser aux amis anciens ou nouveaux qu'André avait fréquentés pendant les derniers mois, fils de métayers, bourriniers ou marins. Trois jours durant, il courut le Marais de Saint-Gervais à Fromentine, et de Sallertaine à Saint-Gilles. Ceux qu'il interrogea ne savaient que peu de chose ou ne voulaient pas compromettre celui qui s'était confié à eux. Ils s'accordèrent seulement à raconter qu'André parlait souvent de faire fortune au delà de la mer, où les terres sont neuves. Le mieux informé avoua :

— Dimanche, il a fait ses adieux à plusieurs, dont j'étais. Il m'a dit qu'il s'embarquait pour l'Amérique du Sud ; qu'il aurait, pour rien, une métairie de soixante journaux de belle terre, mais je ne connais pas le nom du petit pays où il s'établira.

Le soir du troisième jour, quand le père rentra avec cette réponse à la maison, il trouva l'infirme devant le feu.

— Mathurin, demanda-t-il, tu dois avoir encore des livres où il y a des dessins de pays, tu sais bien ?

— Des géographies ? Oui, de nos temps d'école il doit en rester. Pourquoi ?

— Je voudrais voir l'Amérique, dit le vieux : c'est là que va ton frère, à ce qu'ils assurent.

L'infirme se traîna jusqu'au coffre, et, sous les vêtements, tout au fond, saisit une poignée de livres de classe, cinq ou six, qui avaient appartenu à l'un ou à l'autre des frères. Il revint avec un petit atlas d'école primaire, sur la couverture duquel il y avait écrit, d'une grosse écriture de commençant : « Ce livre est à Lumineau André, fils de Lumineau Toussaint, à la Fromentière, commune de Sallertaine, Vendée. »

Le père passa la main sur les lignes d'écriture, comme pour les caresser.

— C'était le sien, dit-il.

Mathurin ouvrit l'atlas. Les feuillets ne tenaient

plus. Ils étaient arrondis aux coins, par le frottement, ou déchirés, ou pliés, et tout le long des tranches le papier s'en allait en touffes de poils. Les doigts de l'infirme les tournaient avec précaution. Ils s'arrêtèrent sur une page toute tachée d'encre, où les deux Amériques réunies par leur isthme, dessinées d'un trait jaune orange, ressemblaient à une paire de grosses besicles. Les deux hommes se penchèrent.

— Voilà celle du Sud, dit Mathurin. Et voilà la mer.

Le métayer médita un long moment sur les mots que disait Mathurin. Il fit effort pour les rapporter à ce pauvre dessin lamentable, et secoua la tête.

— Je ne peux pas me figurer où il est, dit-il tristement, mais je vois qu'il y a de la mer, et qu'il est perdu pour nous…

Mathurin ferma lentement le livre, et dit :

— C'étaient de mauvais fils tous deux : ils vous ont abandonné.

Le métayer n'eut pas l'air d'entendre. Il commanda, doucement, bien plus doucement qu'il ne faisait d'ordinaire :

— Rousille, tu mettras à chauffer, demain matin, de grand matin, une tasse de café : je veux aller trouver François.

Et le lendemain, en effet, qui était le quatrième jour depuis le départ de Driot, le métayer de la Fromentière, avant qu'il fût dix heures, descendait de wagon dans la gare de la Roche-sur-Yon.

Dès qu'il posa le pied sur le quai, il chercha son fils parmi les employés occupés à ouvrir les portières ou à enlever les bagages du fourgon. Au milieu des voyageurs qui se hâtaient, dominant de la tête la plupart d'entre eux, il s'arrêtait tous les dix pas, pour suivre du regard, ici ou là, quelque visage jeune et plein qui ressemblait à François. Il voulait revoir son fils, mais il redoutait de le rencontrer en cet endroit et en public. Lui, venu librement, dans son costume de laine noire, ceinturé de bleu, son chapeau neuf à galons de velours bien posé en arrière, lui, maître de régler le travail et le loisir de ses journées, il avait honte à la pensée que dans cette troupe de manœuvres commandés, serrés de près par les chefs, vêtus d'un uniforme qu'ils n'avaient pas le droit de changer pour un vêtement de leur choix, il y avait un Lumineau de la Fromentière. N'ayant pas aperçu François sous le hall, il se dirigeait vers les lignes de dégagement, où une équipe de six hommes poussait de l'épaule un wagon chargé, et il songeait : « En voilà d'attelés comme les bêtes de chez moi », lorsqu'une voix l'interpella :

— Où allez-vous ?

— Voir mon gars.

— Qui ça ?

— Vous le connaissez peut-être, dit le métayer en portant le bout des doigts à son chapeau : il est employé chez vous ; il a nom François Lumineau.

Le contrôleur eut une moue méprisante :

— Lumineau ? Ah ! oui, un homme d'équipe qui est là depuis quatre mois ?

— Cinq, dit le père.

— Peut-être ; un gros rougeaud, un peu fainéant ; vous voulez lui parler ?

— Oui.

— Eh bien ! si vous savez où il demeure, allez-y donc. Vous pourrez lui faire vos commissions à l'heure du déjeuner, quand il rentrera : mais ici on ne circule pas sur les voies, mon bonhomme.

Il grommela, en s'éloignant :

— Ces paysans, ma parole, ça ne doute de rien ; ça se croit partout dans ses champs…

Le métayer se contint, et ne répondit pas, à cause de François. Il sortit de la gare, et, sous la pluie qui tombait depuis le matin, se mit à errer dans les rues à peu près désertes, larges, bordées de maisons basses. Les passants qu'il interrogeait ne connaissaient pas le café de la Faucille, que tenait Éléonore, et dont il avait appris le nom par des Maraîchins venus aux foires de la Roche. Il finit par découvrir lui-même l'enseigne qui se balançait au bout d'une tringle, dans un faubourg, à la limite de la campagne.

La maison n'avait qu'un étage et une fenêtre, comme ses voisines. Toussaint Lumineau poussa la porte, et entra dans une salle de café meublée de tables de bois blanc, de tabourets de paille et d'une armoire vitrée, où étaient rangées des bouteilles de liqueurs entamées et, en bas, des assiettes de viande froide entre deux boîtes de gâteaux secs. Il n'y avait là personne. Lumineau se planta droit au milieu de l'appartement. Une sonnette, mise en mouvement par l'entrée du métayer, continuait de s'agiter, fêlée, de plus en plus faible. Avant que le carillon eût cessé, une seconde porte s'ouvrit en face de la première, le long du buffet, un coup de vent souffla des odeurs de cuisine, et une femme coiffée en cheveux s'avança, clignant les yeux et se balançant sur ses hanches. Bien qu'il se trouvât à contre-jour, elle reconnut aussitôt le visiteur, rougit beaucoup, laissa tomber le coin de son tablier qu'elle tenait, de ses deux mains croisées, appliqué sur son ventre, et s'arrêta net.

— Oh ! dit-elle, le père ! En voilà une surprise ! Depuis le temps qu'on ne s'est vu !

— Oui, c'est vrai : il y a longtemps.

Elle hésitait, contente de revoir le père et n'osant le dire, ne sachant ce qu'il venait faire, ni si elle devait lui offrir de s'asseoir, ou l'embrasser, ou se tenir à distance comme celles qui n'ont pas de pardon à espérer. Elle ne le quittait pas des yeux. Pourtant les mots qui n'étaient pas durs, la voix qui était tremblante, mais douce, la rassurèrent. Elle demanda :

— Peut-on vous embrasser, tout de même, père ?

Il se laissa embrasser par elle, mais ne lui rendit pas son baiser. Puis, s'asseyant sur un tabouret, tandis qu'Éléonore passait de l'autre côté de la table, il se mit à considérer sa fille avec une curiosité triste, pour juger du changement qui s'était produit en elle. Éléonore, debout, à deux pas du mur, gênée par ce regard dont elle sentait l'interrogation pénétrante, agrafait le col de sa robe de lainage gris, tirait ses manches qu'elle avait relevées sur ses bras nus, retournait le chaton d'une bague en doublé qu'elle portait à la main droite.

— Je ne m'attendais pas, balbutia-t-elle en baissant les yeux… Ça me fait un saisissement de vous revoir !... François va être étonné aussi... Il rentre pour onze heures, tous les jours... quelquefois onze heures et demie... Dites donc, père, vous mangerez bien un morceau ?

Il fit signe que non.

— Un verre de vin ? Ça ne se refuse pas ?

Au lieu de répondre, Toussaint Lumineau dit :

— Sais-tu ce qui est arrivé chez nous, Éléonore ?

Subitement, le peu d'assurance qu'elle avait s'effaça, elle se recula encore. Ses yeux bleu pâle s'emplirent de crainte, et elle chercha, du regard, si le secours attendu ne lui venait pas du côté de la rue. Puis, contrainte de parler, la tête appuyée au mur et les paupières baissées :

— Oui, dit-elle... Il a passé par la Roche... Il a voulu voir François...

— Que dis-tu ? fit Toussaint Lumineau en repoussant le tabouret et en se levant : André ? tu as parlé à André ?

— Lundi, de grand matin... Il est entré... Il avait une figure qui me revient à l'esprit tout le temps, quand je suis seule... Oh ! une figure comme si c'était le malheur qui entrait. Il a poussé la porte comme vous... Et il a dit : « François, je m'en vas de la Fromentière, parce que tu n'es plus là ! » Je comprends bien, père, c'est un coup pour vous... Mais ne vous fâchez pas, on n'a rien dit pour le faire partir... On avait même de la peine, tous, à cause de vous...

Elle avait mis sa main devant elle, comme pour l'empêcher d'approcher, mais elle vit tout de suite qu'elle n'avait rien à craindre, et la main retomba le long du plâtre éraillé. Car Toussaint Lumineau pleurait en la regardant. Sur ses joues, dans les rides creusées par la souffrance, les larmes coulaient. Il voulait tout savoir, et il interrogea :

— A-t-il parlé de moi ?

— Non.

— A-t-il parlé de la Fromentière ?

— Non.

— A-t-il dit au moins où il allait ?

— Il n'a voulu ni s'asseoir, ni rester ; il nous a embrassés tous deux. Mais les mots ne lui venaient guère, pas plus qu'à nous. François lui a demandé : « Où que tu vas, mon Driot ? » Il a répondu : « À Buenos-Ayres d'Amérique, je vas tâcher de faire fortune… Quand je serai riche, vous entendrez tous parler de moi. Adieu, Lionore ! adieu, François ! » Et il est parti.

— Parti, répéta Lumineau, parti, mon dernier !

Éléonore s'attendrissait par contagion. Ses yeux se mouillaient aux coins, mais ils se tournaient vers la rue, tandis que le père fermait les siens.

— Père, dit-elle, il faudrait venir avec moi dans la cuisine. Voilà que François va rentrer. S'il ne trouve pas son dîner prêt, vous comprenez : il n'est pas toujours commode…

Elle pénétra dans la seconde pièce, où son père la suivit. Ce n'était qu'un réduit, tout sombre même en plein jour, dont la fenêtre donnait sur une cour étroite et enveloppée de constructions. Un fourneau de fonte, en ce moment allumé, trois chaises et une table l'encombraient presque. Le métayer prit une chaise, et s'assit entre la fenêtre et la porte demeurée ouverte, de manière à voir François, quand François traverserait la salle du café. Éléonore se mit à cuisiner, à dresser deux couverts sur la petite table, affairée, courant d'un appartement à l'autre pour trouver le peu qu'il fallait, n'avançant guère en besogne. Toussaint Lumineau se taisait. Elle se croyait obligée de soupirer, quand elle passait devant lui, et de dire :

— Ça n'est pas de chance pour vous ! Non, et la Fromentière doit être triste, à présent ! Pauvre père, tout de même !

Lui l'écoutait, et recueillait ces mots vides comme des paroles de pitié.

— Lionore, dit-il, après un peu de temps, et pendant que, penchée, elle taillait le pain pour la soupe, Lionore, tu as quitté la coiffe de Vendée ?

— Oui, on les repassait mal à la Roche. C'était cher. Et puis personne n'en porte ici, des coiffes.

— Eh bien ! depuis que tu ne t'habilles plus comme faisaient ta mère, ta grand'mère, et toutes les femmes de la famille que j'ai connues, es-tu plus heureuse ? Te plais-tu dans ton nouvel état ?

Elle continua de couper le pain par tranches menues, et répondit :

— Ça n'est pas le même travail, mais j'ai au moins autant de mal que chez nous, je ne peux pas dire le contraire. Il y a les chambres à faire ; le marché ; mon carreau à laver tous les deux jours, quand il pleut comme aujourd'hui, ou qu'il neige ; la cuisine à toutes les heures, et pour du monde qui n'est pas toujours poli, je vous assure. On se plaint quelquefois de ne pas voir assez de monde, parce qu'on l'a payé cher le café, beaucoup trop cher. Et puis, quand il vient des clients, des gens de la route qui demandent à boire, j'ai souvent peur d'eux. En vérité si je n'avais pas les voisins…

— Et ton frère, se plaît-il ? interrompit le métayer.

— À demi. C'est le paiement qui est trop petit, voyez-vous. Deux francs, à la Fromentière, sont plus que trois francs ici.

Le père hésita un peu. Puis il demanda, baissant la voix :

— Dis-moi : il regrette peut-être ce qu'il a fait ? Je n'ai plus de fils avec moi, Lionore ; je suis malheureux : penses-tu que François reviendrait chez nous ?

Il pardonnait ; il oubliait ; il appelait au secours ceux qui l'avaient offensé.

Éléonore changea subitement de physionomie. Elle essuya ses yeux, du coin de son mouchoir, secoua son chignon blond relevé en pointe, et dit sèchement :

— Je ne crois pas, père… J'aime mieux vous le dire tout de suite… Vous verrez mon frère… vous lui parlerez… mais je ne crois pas…

Et comme si on l'avait blessée, elle se détourna d'un geste brusque, du côté du fourneau.

Onze heures et demie sonnèrent. La porte de la rue s'ouvrit avec bruit. Un homme entra. La fille, sans changer de place et sans se pencher, dit :

— C'est lui !

Le père avait déjà reconnu François, malgré la

jaquette et le chapeau de feutre dur ; il l'avait reconnu dans la pénombre de la salle, à cette démarche bouvière, à cette habitude aussi qu'avait François de tenir les bras un peu écartés du corps. Il l'eut bientôt devant lui, sur le seuil de la cuisine, et il retrouva d'un coup d'œil ces traits lourds, ce visage rose et rousselé, ces moustaches tombantes, cet air de lassitude et de nonchalance qui n'avaient pas changé. François marchait la tête basse. En apercevant le père, il eut un petit mouvement d'émotion.

— Bonjour, père ! dit-il en tendant la main... Alors, ça ne va pas, à ce que je vois ?

Le métayer fit un signe de dénégation.

— Vous avez de la peine... Oui, je comprends... J'en aurais à votre place... André n'aurait pas dû faire ça, lui ; il était le dernier... Il devait rester...

Toussaint Lumineau avait saisi la main de François, et il la serrait entre les siennes, avec une tendresse qui parlait, et ses yeux cherchaient en même temps les yeux de son fils, et faisaient la même prière. Mais celui-ci se remettait de sa surprise, rapidement, à mesure que les paroles muettes du père lui entraient dans l'âme. Il se raidissait contre cette pitié qui l'avait saisi un moment. Bientôt il retira sa main, se recula un peu, et dit, de l'air d'un homme qui se défie et se défend :

— J'entends bien... vous voudriez ne pas prendre un autre domestique, n'est-ce pas, et nous ramener à Sallertaine, Lionore et moi ?

— Si tu le pouvais, mon François : je n'ai plus personne !

François eut un demi-sourire de satisfaction d'avoir deviné juste, et répondit :

— Vous voyez pourtant que l'autre aussi est parti, et qu'il n'y a plus rien à faire avec la terre.

— Tu te trompes : il est parti pour la cultiver ailleurs, en Amérique ! C'est de ne plus te voir, François, qui l'a dégoûté de la terre de chez nous.

— Oui, dit François, en approchant une chaise et en s'asseyant près de ta table : il paraît que c'est encore fameux, les Amériques. Mais chez nous, c'est trop dur.

Le métayer ne releva pas les paroles qui déjà l'avaient offensé autrefois.

— Eh bien ! dit-il, je te ferai aider. Je n'ai plus de fils à présent, car tu sais que Mathurin ne compte guère, dans une métairie. Tu seras bientôt le maître ; le prochain bail sera fait en ton nom, et il y aura toujours un Lumineau à la Fromentière. Veux-tu revenir ?

François eut un geste d'ennui, et ne répondit pas.

— Tu ne gagnes guère, reprit le métayer, à ce que m'a dit Éléonore ?

— Non, la paye est faible.

— Le café n'a pas beaucoup de monde ?

— Non, nous l'avons payé trop cher. Nous ne sommes pas sûrs de réussir…

Le fils se tourna vers la grande fille qui écoutait, passive et pleurnichant.

— Mais on vivote, n'est-ce pas, Lionore ? Avec le temps, je monterai peut-être, le sous-chef me l'a dit. Alors je serai à l'aise. Je ne demande pas autre chose... On a des connaissances déjà, à la Roche... Le dimanche, j'ai ma demi-journée.

— Tu l'avais toute, à la Fromentière !

— Je ne dis pas non, mais ce que vous demandez, père, ça ne se peut.

Un homme qu'ils n'avaient pas vu entrer, cria, dans la pièce voisine :

— Il n'y a donc personne ici ? Est-ce qu'on ne peut pas dîner ?

Éléonore, contente d'une diversion, passa entre son frère et son père, et on l'entendit rire pour apaiser le client. François attira la soupière, et y plongea la cuiller.

— Faut pas m'en vouloir, dit-il au métayer qui était demeuré à la même place, assis derrière lui, près de la fenêtre : je n'ai plus qu'un quart d'heure ; c'est loin, la gare. Je serais à l'amende.

Et, entre les bouchées de soupe, il demandait, de sa voix redevenue molle :

— Vous ne m'avez pas donné des nouvelles de Rousille ?... Est-ce qu'elle va bien ?... Et Mathurin, a-t-il encore dans l'idée qu'il se remettra ?... Lui qui a toujours voulu commander, à la Fromentière, il n'a pas dû retenir André...

Toussaint Lumineau se dressa tout debout. Et, ne retenant plus sa colère :

— Vous êtes vraiment de mauvais enfants ! dit-il tout haut. Restez-y, dans votre ville !

Il sortit de la cuisine, traversa la salle du café, devant le pâle ouvrier de fabrique, et devant Éléonore qui attendait les ordres. Celle-ci, tout épouvantée, se pencha :

— Je vous l'avais bien dit, mon pauvre père, qu'il ne voudrait pas. Je le connais ! Au revoir, tout de même !

Puis, s'adressant à François qui suivait :

— Va donc le reconduire à la gare ?

Il secoua la tête.

— Si, va donc ! ça sera plus convenable. Il n'aura pas à dire qu'on n'a pas été bien pour lui...

Le métayer ouvrit la porte de la rue.

— Je vas vous accompagner, si vous voulez, dit piteusement François.

Toussaint Lumineau lui jeta :

— Je ne t'ai pas demandé de m'accompagner, mauvais gars ; je t'ai demandé de nous sauver tous, et tu n'as pas voulu !

Dans la rue, on le vit un moment marcher bien droit, large comme deux ouvriers de ville, les poils blancs de sa tête luisant dans la pluie grise.

La porte se referma.

— Pas commode, le vieux papa, dit le client qui dînait.

— Ne m'en parlez pas ! fit Eléonore. J'en suis malade !

— Qu'est-ce qu'il voulait donc ?

François dit, avec un gros rire, en revenant vers la cuisine :

— Il voulait que je retourne remuer la terre avec lui ! L'ouvrier haussa les épaules, et dit, convaincu :

— Est-ce que ça se peut ? C'est tout de même pas raisonnable, voyons !

14

L'ÉMIGRANT

Étranger, inconnu, las d'avoir passé la nuit dans un wagon et l'après-midi à courir les bureaux d'agences, il était assis sur des balles de peaux de moutons cerclées de fer, au milieu des docks d'un grand port, et il attendait l'heure de s'embarquer sur le paquebot qui l'emporterait. Devant lui, l'Escaut, roulant ses eaux en demi-cercle, les heurtait avec des remous profonds contre le quai, fleuve énorme qui sortait de la brume à gauche, tournait et s'enfonçait à droite dans la brume, partout d'égale largeur et partout couvert de navires. André suivait de ses yeux fatigués ces formes qui se croisaient, voiliers, steamers, barques de cabotage ou de pêche, toutes colorées du même gris par le brouillard et le jour finissant, et qui se mêlaient un moment, puis se détournaient et glissaient, et divisaient leurs routes. Il regardait surtout au delà, les terres basses que le fleuve enveloppait dans son pli, les prairies saturées d'humidité, désertes, illimitées, et qui semblaient flotter sur la pâleur des eaux. Comme elles lui rappelaient le pays qu'il abandonnait ! Comme elles lui parlaient ! Ni les roulements des camions, ni les sifflets des commandants, ni les voix des milliers d'hommes, de toutes nations, qui déchargeaient les navires autour de lui et s'agitaient sous les abris de tôle gaufrée, ne le pouvaient distraire. Il ne s'intéressait pas davantage à la grande ville étendue en arrière et d'où venait parfois, à travers la rumeur du travail, un carillon de cloches comme il n'en avait jamais entendu.

Cependant, l'heure approchait. Il le sentait à l'inquiétude qui grandissait en lui. Le bruit d'une troupe en marche le fit se détourner. C'étaient les émigrants qui sortaient des bouges où les agences les avaient parqués, et, traversant la place, formait une longue colonne, grise aussi dans la brume.

Les voici qui arrivent. Les premiers rangs s'engagent déjà entre les futailles et les piles de sacs entassés sur les quais. Ils piétinent dans la boue, et se hâtent pour occuper les meilleurs coins de l'entrepont. D'autres suivent, hommes, femmes, enfants, jeunes et vieux confondus. On devine à peine leur âge. Ils ont les mêmes yeux tristes. Ils se ressemblent tous, comme les larmes. Ils ont mis, pour le voyage, leurs plus mauvais vêtements, vestons informes, tricots, manteaux troués, mouchoirs bridant les cheveux, jupes de laine rapiécées, compagnons qui ont travaillé et souffert avec eux. Ils frôlent André Lumineau, immobile sur la balle de laine, et ne prennent pas garde à lui. Entre eux ils ne parlent point, mais, dans leur procession hâtive, les familles groupées font des îles : les mères tiennent les enfants par la main et les abritent du vent ; les pères, de leurs coudes écartés, les protègent contre la poussée. Tous portent quelque chose, un paquet de hardes, un pain, une poche fermée avec une ficelle. Et tous ont le même geste au même endroit du chemin. Quand ils débouchent des rues, là-bas, ils se dressent et se haussent un peu, toujours du même côté, vers les plaines de l'Escaut, vers les brumes plus claires qui indiquent dans le ciel la place du soleil déclinant ; ils fixent, comme si c'était le leur, le petit clocher d'horizon qui se lève des terres invisibles. Puis ils tournent dans les docks ; ils découvrent le paquebot qui fume, les treuils qui roulent, le pont déjà noir d'émigrants. Alors, ils faiblissent. Ils ont peur. Plusieurs voudraient revenir en arrière. Mais tout est bien fini. L'heure est venue. Le billet de passage tremble au bout de leurs doigts. Les âmes seules retournent au pays, à la misère qu'on avait maudite et qu'on regrette, aux chambres désertées, aux faubourgs, aux usines, aux collines sans nom qu'on appelait « chez nous ». Et pâles, les pauvres gens se laissent pousser par le flot, et s'embarquent.

André Lumineau les regarda longtemps sans se joindre à eux. Il cherchait un visage de Français. N'en trouvant pas, il se colla dans le rang, au hasard. Il portait, par la poignée, sa caisse noire qui dormait, voilà cinq jours, dans le grenier de la Fromentière. Il avait sur le dos son manteau de cavalerie, dont les boutons seuls avaient été remplacés. Ses voisins lui jetèrent un coup d'œil indifférent, et l'accepteront sans mot dire. Avec eux, il franchit les cent mètres qui le séparaient du navire, monta sur le plan incliné, et toucha le pont que soulevait déjà la houle du fleuve.

Alors, tandis que les autres, ceux qui avaient dans cette foule des parents ou des amis, se promenaient par groupes le long de la cage des machines ou descendaient par les échelles, il s'accouda au bordage, à l'arrière du bateau, et essaya de voir encore le fleuve et les prairies grises, parce que trop de souvenirs lui venaient ensemble, et que le courage allait lui manquer. Mais la brume avait sans doute épaissi, car il ne vit plus rien.

Près de lui, accroupie sur le plancher, il y avait une vieille femme, encore fraîche de visage, enveloppée dans une mante noire à collet, et dont la coiffe était fixée par deux épingles à boules d'or. Elle tenait dans ses bras un enfant qu'elle berçait. André ne la regardait pas. Mais elle, qui ne pouvait reposer ses yeux nulle part, dans le tumulte et la confusion du navire en partance, les levait quelquefois vers cet étranger debout près d'elle, et qui pensait sûrement à la maison de chez lui. Peut-être avait-elle un fils du même âge. Un sentiment de pitié grandit en elle, et bien qu'elle sût, à n'en pas douter, que son voisin n'entendrait pas la langue dont elle usait, la vieille femme dit :

— U heeft pyn ?

Quand elle eut répété plusieurs fois, il comprit au mot « peine » et au ton qu'elle y mettait, que la femme lui demandait : « Vous souffrez ? »

Il répondit :

— Oui, madame.

La vieille mère, de sa main blanche, toute froide, tout humide de brouillard, caressa la main de Driot, et le petit Vendéen pleura, en songeant à des caresses anciennes toutes pareilles, à la mère Lumineau, qui portait aussi une coiffe blanche et des dorures les jours de fête…

Sur le Marais de Vendée les brumes couraient toujours, les mêmes qui avaient passé sur les plaines de l'Escaut. Des rafales de vent les chassaient. Toussaint Lumineau, par moments, suivait des yeux, avec une expression d'angoisse, la pointe tremblante des osiers que Rousille lui tendait, comme si ç'avaient été des mâts de navires balancés. D'autres fois, il considérait longuement sa dernière enfant, et Rousille sentait qu'elle était douce à regarder.

Une bourrasque souffla sur les ormeaux qui s'échevelèrent, et battirent de leurs branches la toiture de la Fromentière. Les lézardes de la grange, les gouttières, les tuiles, les bouts de chevrons, les angles des murailles sifflèrent tous ensemble. Et la plainte s'en alla, vive et folle, dans le Marais.

À trois cents lieues de là, un coup de sirène déchirait l'air. L'étrave d'un grand paquebot chassait l'eau du fleuve et s'avançait lentement, encore à moitié inerte et dérivant. Des émigrants, des rebuts du vieux monde, des misères sans nom, à l'instant où la terre leur manquait, s'effaraient. Toutes les pensées prenaient, dispersées, le chemin des abris anciens. Dans la nuit le bel André Lumineau s'en allait…

Le métayer rejeta une poignée d'osiers dans la cuve, et dit :

— Rentrons : il n'y a plus de jour pour mes doigts.

Mais il ne bougea pas. Le valet seulement cessa de couper les perches de châtaignier, et sortit. Rousille, voyant que le père ne se levait pas, demeura.

15

LE COMMANDEMENT DU PÈRE

Le soir était venu, le soir de février qui appesantit son ombre de si bonne heure. La baie de la grange ne laissait plus entrer qu'une lueur douteuse, comme une cendre grise qui effaçait les formes. Toussaint Lumineau avait ramené les bras le long de son corps. Assis sur le madrier, le visage levé dans les demi-ténèbres, il attendit que le valet eût traversé la cour. Lorsqu'il eut vu se fermer, en face, la porte de la salle éclairée où Mathurin veillait, il abaissa les yeux vers sa fille.

— Rousille, dit-il, as-tu toujours ton idée pour Jean Nesmy ?

La petite, agenouillée sur le sol, silhouette toute menue, haussa lentement la tête. Elle se pencha en avant, pour mieux voir celui qui lui parlait d'une manière si nouvelle. Mais elle n'avait rien à cacher ; elle n'était pas de celles qui ont peur ; elle retint seulement son cœur, qui aurait voulu tout crier à la fois, et dit, avec un calme apparent :

— Toujours. Je lui ai donné mes amitiés, et je ne les retirerai point. Maintenant qu'André est parti, je comprends bien que je ne peux plus m'en aller, habiter le Bocage. Mais je ne me marierai pas. Je resterai fille, et je vous servirai.

— Tu ne m'abandonneras donc pas, comme eux ?

— Non, mon père, jamais.

Le père lui posa la main sur l'épaule, et elle se sentit enveloppée d'une tendresse inconnue. Un remerciement allait d'une âme à l'autre. Autour d'eux, le vent faisait rage et courait dans la pluie.

— Rousille, reprit le métayer, je n'ai plus de fils. André m'a trahi le dernier. François n'a pas voulu revenir. Il faut pourtant que la Fromentière continue d'être à nous ?

La voix douce et ferme répondit :

— Il le faut.

— Alors, ma petite, dit Lumineau, c'est tes noces qui vont sonner.

Rousille n'osait pas comprendre. Elle s'avança un peu, sur les genoux, jusqu'à toucher le père. Elle aurait voulu que le jour revînt pour éclairer les yeux qui la regardaient. Mais on ne voyait plus.

— J'avais toujours espéré, continua le métayer, qu'il y aurait un homme de mon nom pour commander après moi. Dieu me l'a refusé. Toi, Rousille, j'aurais aimé te marier avec un Maraîchin comme nous, quelqu'un de notre condition et de notre pays. C'était peut-être de l'orgueil. Les choses n'ont pas tourné selon mon goût. Crois-tu que Jean Nesmy reviendrait bien à la Fromentière ?

— J'en suis sûre ! J'en réponds pour lui : il reviendra !

— La mère ne nous fera pas d'affront, au moins ?

— Non, non ; elle aime trop son fils ; elle sait tout… mais Mathurin !…

Elle étendit le bras en arrière, vers la maison cachée dans l'ombre.

— Mathurin ne voudra pas, lui ! Il nous déteste ! Il nous rendra la vie si dure que nous ne pourrons pas rester ici.

— Mais moi, je vis encore, ma petite, et je veux vous ramasser tous trois autour de moi !

Rousille avait-elle bien entendu ? Le père avait-il prononcé ces mots de fiançailles ? Oui, car il s'était dressé tout debout, et, en se relevant, il avait relevé son enfant. Il la retenait près de lui : il l'enveloppait de ses bras ; il pleurait ; il ne pouvait plus parler.

Cependant, pour avoir serré contre son cœur cette jeunesse heureuse, il reprit vite courage.

— Ne crains pas Mathurin, dit-il ; je le raisonnerai et il faudra qu'il obéisse. J'avais renvoyé Jean Nesmy. C'est ma volonté à présent qu'il revienne, pour être mon fils et mon aide, et le maître quand je n'y serai plus.

Dans l'ombre, la jeune fille écoutait.

— Je veux qu'il revienne le plus tôt possible, parce que les meilleurs valets ne font pas prospérer les maisons. J'ai pensé à tout pour toi, Rousille. Tu vas sortir d'ici, et aller droit chez les Michelonne.

— Oui, père.

— Ça me donnera le temps de parler avec ton frère. Tu iras donc chez les Michelonne, et tu leur diras : « Mon père ne peut pas quitter la Fromentière, et laisser Mathurin, qui n'est pas bien, ces jours. Il vous demande de partir pour le pays de Bocage, et de prier la mère de Jean Nesmy, afin qu'elle nous renvoie son gars qui sera mon mari. Plus tôt vous partirez, et mieux vous ferez. »

Rousille pleurait à son tour. Toussaint Lumineau reprit :

— Va, ma Rousille... Salue bien les Michelonne... Dis-leur que c'est pour sauver la Fromentière.

Un souffle de voix répondit :

— Oui.

Rousille éleva les mains le long du cou de son père ; elle attira le vieux métayer, et l'embrassa. Puis elle s'écarta un peu, et, à travers l'ombre où ils ne pouvaient se voir, elle dit :

— Je suis heureuse, père. Je m'en vas chez les Michelonne... Mais que ça serait meilleur, si j'avais pu avoir tout notre monde à mes noces !

Et elle s'échappa dans la nuit, tandis que le père demeurait un moment, tout content et tout fier. Elle avait dit « notre monde », cette petite Rousille ; elle parlait comme les anciennes de sa race, qui avaient charge de la Fromentière ; elle ressemblait aux aïeules qu'elle n'avait pas connues, ménagères vigilantes, que l'on voyait ainsi, dès le jour de leurs fiançailles, heureuses et doucement inquiètes, emportant avec elles, comme un livre où l'on ne cesse plus de lire, la pensée de toute une famille et le souci de toute une ferme.

Rousille courait dans le chemin, et elle ne buttait pas contre les pierres. Il pleuvait, et elle ne sentait pas la pluie. Elle mettait quelquefois la main sur son cœur pour le calmer. Elle songeait : « Je suis heureuse » et cela la faisait pleurer.

Toutes les maisons de Sallertaine avaient leurs lampes allumées derrière les vitres, quand Rousille entra dans la longue rue. Mais les Michelonne craintives avaient déjà poussé le volet et mis le verrou.

— Oh ! dit-elle en frappant du poing, ouvrez donc vite, tantes Michelonne !

Véronique eut bientôt fait de tirer le verrou, d'ouvrir la porte et de la refermer aussitôt.

— Comme te voilà trempée, Rousille, s'exclama-t-elle, et sans cape ni mouchoir de tête par un temps pareil ! Sept heures viennent de sonner : qu'as-tu à courir les routes ?

L'aînée des sœurs prit la chandelle, l'approcha du visage de Rousille, et, voyant des traces de larmes :

— C'est donc encore du triste, ma petite ?
— Non, mes tantes : du bonheur !
— Alors asseyons-nous, et dis promptement !

Les Michelonne s'assirent sur le coffre, et firent asseoir Rousille sur une chaise, tout près, bien en face, pour mieux juger la joie qui allait parler. Chacune s'empara d'une main de la nièce. Chacune devint attentive. Les trois visages se rapprochèrent. La chandelle éclairait assez pour qu'on pût voir le sourire des lèvres ou des yeux.

— Il y a, dit Rousille, que mon père, n'ayant plus de fils, veut faire revenir Jean Nesmy.

— Comment, Rousille, ton bon ami ?

— Tante Michelonne, c'est pour sauver la Fromentière.

— Alors, tu te maries, mignonne ? Tu te maries ? dit Adélaïde, enthousiaste, à moitié soulevée, tandis que sa sœur se courbait, au contraire, pour cacher son émotion.

— Oui, le père l'a dit : si vous voulez m'aider.

— Si je veux ! mais tu le sais bien ; tu es ma fille ; tu peux demander : que te faut-il ? mais dis donc ? de l'argent ?

— Non, ma tante…

— Un trousseau qu'on coudrait toutes deux ?

— C'est bien plus difficile, dit Rousille : il faut faire un voyage, un grand.

— Moi, un voyage ?

— Vous ou ma tante Véronique. Il faut aller jusqu'en pays de Bocage. Notre père ne peut quitter la maison. Vous iriez parler pour lui à la mère de Jean Nesmy, et la décider à se priver de son fils. Voulez-vous bien ?

Aussitôt Véronique se redressa.

— Va dans le Bocage, Adélaïde : tu es plus allante que moi !

— Est-ce une raison ? Un si grand plaisir, rendre service à Rousille, pourquoi ne l'aurais-tu pas ?

— Ma sœur, tu es l'aînée : tu remplaces la mère.

— En effet, dit simplement Adélaïde.

Elle se tut un peu de temps, tout émue de la nouvelle et de la décision. Ses joues roses avaient pâli. Elle ajouta :

— C'est que, depuis quarante ans, je n'ai jamais dépassé la ville de Challans... Je ne comptais plus voyager... Où est-il, le pays de Jean Nesmy ?

Le visage épanoui, à cause des souvenirs qui lui venaient, Rousille toucha trois fois, du bout du doigt, la robe noire de la Michelonne.

— Ici, dit-elle, la ferme de Nouzillac, où il travaille ; là une paroisse qui a nom la Flocellière, et là les Châtelliers, où il y a le Château, la maison de chez lui.

— Je ne connais pas ces noms-là, mignonne ?

— Des collines, il y en a partout, des petites, des grandes, et beaucoup d'arbres. Quand le vent souffle de Saint-Michel, il pleut sans jamais manquer. Pouzauges n'est pas très loin.

— J'ai entendu parler de Saint-Michel et de Pouzauges, dans ma petite enfance, par des Boquins qui venaient chez nous chercher de la cendre. Et quand faut-il partir ?

Rousille répondit, en baissant ses yeux doux :

— Mon père est bien pressé : il a dit que le plus tôt serait le mieux.

— Seigneur Dieu ! je ne peux pourtant pas ce soir ? Regarde tout de même l'horloge, Véronique, toi qui vois clair.

La cadette se leva, trottina jusqu'au pied de la

haute boîte qui se dressait entre les lits, et, déchiffrant péniblement l'heure, sur le cadran de cuivre :

— Trop tard, ma sœur ; le dernier tramway pour Challans vient de passer.

— Alors, dit Adélaïde, je me mettrai en route demain matin... J'ai de bonnes jambes pour aller jusqu'aux Quatre-Moulins, et une bonne langue pour demander ensuite mon chemin aux employés de Challans... J'irai... Tout le temps du voyage je penserai à toi, Rousille, et quand je verrai la mère Nesmy, — tu vas me trouver orgueilleuse, — je ne serai guère embarrassée... Je lui parlerai de toi... Ah ! oui, j'en dirai long... Pourquoi te lèves-tu, petite ?

— Pour rentrer, tante Michelonne !

Les vieilles Michelonne se mirent à rire, et répliquèrent en se hâtant, l'une après l'autre, chacune jetant sa phrase :

— Non, par exemple ! Tu n'as rien raconté ! Comment ton père s'est-il expliqué avec toi ? Et de François, que sais-tu ? Et Mathurin, que pense-t-il ? Reste, ma belle ; dis-nous tout ça, et ce qu'il faut dire à Jean Nesmy !

Comme des perdrix blotties dans un sillon, plume contre plume, quand la nuit tombe sur les champs, les trois femmes se groupèrent de nouveau, étroitement pressées, au fond de la boutique. Les mots, les regards, les sourires, le geste de la main, les larmes quelquefois, tout ce qui montre une âme allait de l'une à l'autre, et trouvait deux échos. Un murmure joyeux flottait dans la chambre des vieilles filles. Un peu de fièvre agitait Adélaïde. Véronique, sans vouloir le dire, s'inquiétait déjà de rester seule. L'heure passait. Des voisins, en éteignant leur lampe, disaient : « Comme elles veillent tard, mesdemoiselles Michelonne ! Le travail donne, dans leur métier ! »

Le bourg était tout silencieux, tout noir sous la pluie devenue glaciale, quand Rousille, sur le perron d'angle, se sépara de ses tantes. Des deux côtés, la même parole servit d'adieu. Adélaïde la dit d'abord. Rousille la répéta. Et c'était une promesse. Et c'était un remerciement.

— Demain matin !
— Demain matin ! »

16

LA NUIT DE FÉVRIER

Lorsque Rousille eut traversé la cour et pris le chemin de Sallertaine, le métayer sortit de la grange. Il retrouva le valet, qui avait retiré du feu la marmite, et, assis sous l'auvent, silencieux comme de coutume, rassemblait, du bout de ses gros sabots, les tisons à demi morts, couchés le long des chenets. Au fond de la salle, l'infirme se démenait entre ses béquilles, allant d'un meuble à l'autre, incapable de dominer ses nerfs, le visage gonflé par la poussée du sang. Il ne salua pas son père, il n'eut pas l'air de l'entendre venir. Mais, après une minute, il demanda brutalement, comme le métayer se penchait vers le valet et lui parlait tout bas :

— Et Rousille ? Que lui avez-vous dit, pour être resté si longtemps dans la grange ?

Toussaint Lumineau suivit des yeux, avant de répondre, le malheureux qui continuait de s'agiter, en proie à une sorte d'ivresse, faite de colère et de souffrance, qu'on connaissait trop bien à la Fromentière. Depuis le départ d'André, les symptômes de crise se multipliaient. Et le métayer eut pitié. Il ne voulut pas relever l'insolence de la question, et dit simplement :

— Ta sœur reviendra plus tard, Mathurin. Où elle est, je l'ai envoyée.

Mais la voix plus haute et plus irritée de l'infirme, répliqua :

— Je ne dois pas savoir où elle est, n'est-ce pas ? On me cache tout, ici ; et à elle on dit tout !

Sur un signe du métayer, le valet piqua deux pommes de terre avec son couteau, dans la marmite, les glissa au fond de la poche de sa veste, se leva, coupa un morceau de pain sur la table, et, emportant son souper, s'en alla par la cour.

Le père et le fils étaient seuls. Toussaint Lumineau, debout dans la clarté du feu qui s'était ranimé, dit aussitôt :

— Tu vas au contraire tout savoir. Mathurin, ton frère François a refusé de revenir chez nous !

— Je le pensais.

L'infirme s'était rencogné entre les deux lits et les deux coffres, loin de la lumière qui brûlait au bout de la table, et là, dans l'ombre, comme à l'affût des mots, il écoutait. Ses mains tremblantes le long des béquilles agitaient les rideaux.

— La Fromentière, reprit le métayer, ne peut rester comme elle est. J'ai fait le commandement à Rousille d'aller trouver les Michelonne. L'une ou l'autre, soit Adélaïde, soit Véronique, s'en ira dans le Bocage, pour ramener Jean Nesmy.

— Ah ! vous mariez Rousille ?
— Oui, mon ami.
— Avec un valet que vous avez renvoyé !
— Je le reprends.
— Un Boquin ! Un homme qui n'est pas d'ici !
— Un bon travailleur, Mathurin, et qui a toujours aimé la terre de chez nous.
— Et il habitera la Fromentière ?
— Sans doute : j'ai besoin d'aide. Il me faut un fils :

La tête fauve de Mathurin sortit de l'ombre.
— Et moi ? cria-t-il, qu'est-ce que vous ferez de moi ?

Dans son regard, toutes les douleurs subies en silence, toutes les colères autrefois contenues passaient et jetaient leur reproche.

— Je n'ai donc qu'à souffrir et à faire la volonté des autres, moi qui suis l'aîné, moi qui ai le droit pour moi ?

— Mon enfant, dit doucement le père, tu vivras avec nous comme à présent ; tu feras ce que tu pourras et personne ne t'en fera reproche ; on n'entreprendra pas de travaux sans que tu aies donné ton avis, je te le promets ; tu ne quitteras pas la métairie, même après moi.

— Non, je ne serai pas commandé par un homme qui n'est pas de mon nom : il faut un Lumineau pour commander ici !

— C'est le chagrin de ma vie que tu dis là, Mathurin.

L'infirme continua avec la même violence :
— J'aurais supporté François, et même André.

Mais Rousille avec son Boquin ne seront jamais les maîtres ici : je suis chez moi ! Et je vous dis que c'est mon tour !

— Mais, mon pauvre enfant, tu ne peux pas !

Les rideaux de serge remuèrent, et le malheureux, suffoquant de colère, fit deux pas, péniblement, puis deux autres.

— Je ne peux pas juger un labour ?
— Si.
— Je ne peux pas acheter une paire de bœufs ?
— Si.
— Je ne peux pas me faire porter en carriole, et yoler par moi-même ? Dites-le donc ?
— Si, mon enfant.
— Alors, que me faut-il pour conduire la ferme ? des valets ? J'en louerai. Une métayère ?...

Le père n'osa pas dire oui.

— J'en amènerai une !

Mathurin s'était arrêté à l'angle de la table, et s'y tenait appuyé, le haut de son corps oscillant et luttant pour se maintenir en équilibre.

— Une qui a plus de cœur que vous tous !... Elle sait que je guérirai... Elle m'a promis à peu près de se marier avec moi, comme je suis... Quand je l'aurai décidée...

— Ne te fie donc pas à ce que les filles te disent, mon pauvre gars. Il n'y a encore que les pères et les mères pour chérir ceux qui te ressemblent... Tu es malade, ce soir... Tiens, tes jambes mollissent... Couche-toi. Je vais t'aider.

L'infirme n'essaya pas de répondre. Ses yeux se voilèrent ; la tête s'inclina sur l'épaule ; les bras glissèrent sur l'appui des béquilles ; ils se levèrent tout droit, comme ceux d'un homme qui sombre et qui appelle. Mathurin serait tombé à la renverse, si le métayer ne s'était jeté en avant, pour le soutenir…

L'étourdissement ne dura pas. Ce ne fut qu'une alerte de quelques secondes. À peine couché sur le coffre, au bas de son lit, Mathurin rouvrit les yeux. Il regarda son père, se releva sans aide, et dit, en portant la main à sa nuque :

— Vous voyez, ça n'est rien… C'est la peine que vous m'avez faite… Je ne suis pas malade.

Toute colère avait disparu ; mais la douleur était la même au fond du regard, et il s'y mêlait cette sorte d'effroi que les hommes rapportent du voisinage de la mort.

— Veux-tu que je t'aide ? répéta le métayer. L'infirme haussa les épaules, et commença à se déshabiller lui-même, enlevant sa veste et la pliant sur le coffre.

— Non, je veux me coucher seul… Je veux être tranquille.

La voix tremblait comme les mains.

— Allez donc plutôt au-devant de Rousille… Elle a des nouvelles à vous raconter, elle… Et puis la nuit est noire, les routes ne sont pas sûres…

Toussaint Lumineau, qui savait le danger de contrarier son fils dans ces heures de crise, ne résista pas.

— J'irai jusqu'à la route, Mathurin. Je préviendrai le valet de se tenir dans la boulangerie.

Il n'alla pas même jusqu'à la route. Il était inquiet. Dans le chemin de la Fromentière, sous la pluie, il fit quelques centaines de mètres, revint sur ses pas, et, ne voulant pas reparaître trop vite dans la salle, afin de donner le temps à Mathurin de se calmer, entra dans ses étables, pour inspecter les bêtes, et voir si aucune n'avait brisé son attache.

Mais derrière lui, sans qu'il s'en doutât, Mathurin s'était échappé. Le métayer n'avait pas fait dix pas au delà de l'enceinte de la Fromentière, que l'infirme se glissait dans la cour, fermait soigneusement la porte de la salle, et tournait du côté de l'aire pour gagner le pré par la traverse.

Son extraordinaire énergie et l'exaspération maladive de ses nerfs le soutenaient. Une idée folle, mais faite de toute sa misère et de tous ses rêves, le jetait dans cette nuit mauvaise et dans cette aventure. Il courait chez la fiancée perdue. Il en appelait de tous les refus, de tous les affronts, de toutes les souffrances, à celle qui avait été l'arbitre de sa vie, et qui l'était toujours. Il voulait lui dire : « Il n'y a plus que toi. Tous m'abandonnent. Dis que tu m'aimes, et chez moi je ne serai plus méprisé. Sauve-moi, Félicité Gauvrit ! »

Et il allait vite, par le sentier qui longeait le parc, malgré la nuit, la terre glissante, les deux échaliers qu'il fallait passer. Comme les enfants en faute, craignant d'être suivi, il se détournait et prêtait l'oreille, de distance en distance. Le vent lui apportait le bruit des terres, mais ce n'était que le sifflement de la bourrasque dans les balais d'ormeaux, les notes précipitées de la pluie sur les tuiles, et le roulement d'un train qui devait passer bien loin, devers Challans.

Mathurin descendit la pente des prés, et, à cause des ténèbres, dut revenir deux fois sur ses pas, pour trouver l'abreuvoir. Il se jeta dans la première des yoles qu'il toucha du bout de sa béquille, et la poussa d'un coup de ningle[1], non pas dans le canal qui filait droit vers le Perrier et la Seulière, mais à gauche, dans un fossé qui servait rarement aux gens de la ferme.

Au fond de la yole, l'eau s'était amassée. Elle jaillissait par les fentes des planches, à chaque oscillation, et mouillait les jambes de l'infirme accroupi, mais celui-ci n'y prenait pas garde. Qu'importaient l'eau qui courait sur ses pieds, la pluie glacée qui tombait, les ténèbres, les herbes amoncelées et barrant le passage en maint endroit, et la longueur du chemin, et la fatigue ? Il fallait arriver jusqu'à elle, là-bas, dût-il y dépenser sa force. Il fallait lui parler sans témoins, tout de suite.

L'ombre était si noire que Mathurin voyait à peine l'avant de son bateau. Depuis le coucher du soleil, le vent accumulait les brumes dans le Marais. L'étendue leur appartenait. Elles couvraient des lieues de pays de leur masse en mouvement. Les plus bas de ces nuages traînaient sur les prés inondés, sur les levées et les îlots leurs plis malsains ; ils coulaient en gouttes empoisonnées, le long des peupliers, des roseaux, des chaumes de toiture, lames de fond de la marée prodigieuse, où les hommes ensevelis buvaient la fièvre sans pouvoir lutter.

Et dans cette nuit dangereuse, Mathurin, déjà en proie au mal qui le guettait, la tête lourde de sang, s'épuisait à mener la yole. Il se jetait à droite ou à gauche, au juger, sans être sûr de sa route. Quelquefois la respiration lui manquait. Une faiblesse le prenait. Le buste du yoleur s'inclinait en avant dans le bateau immobile. Puis l'infirme, sortant comme d'un sommeil, se secouait, sentait le froid de la nuit, et continuait sa course. À mesure qu'il s'avançait dans la partie la plus sauvage du Marais, l'ombre se peuplait autour de lui. Des oiseaux, de plus en plus nombreux, se levaient au frôlement des roseaux. C'était l'époque de leur passage. Ils s'envolaient, jetant leur cri déchirant ou plaintif, vanneaux, bernacles, macreuses, pluviers, bécassines ; ils revenaient en bandes invisibles qui viraient de bord au-dessus de la yole et rebondissaient dans les volutes glacées de la brume. À chaque fois l'infirme frémissait. Il pensait : « Qu'avez-vous à tant crier contre moi, oiseaux de malheur ?... Laissez-moi... Je vais voir Félicité... Elle dira oui... nous reprendrons nos noces... nous habiterons la Fromentière ».

Mais la force s'épuisait. Peu à peu l'engourdissement gagna. Les mouvements se ralentirent. Mathurin Lumineau cessa de voir. Il continua de frapper les talus, au hasard, du bout de sa perche qui ne savait plus où elle touchait. Et tout à coup, dans une eau libre, dans un pré inondé où elle avait pénétré par une dépression des levées, la yole n'avança plus. Les doigts lâchèrent la ningle qui tomba. Les yeux s'agrandirent d'épouvante. L'infirme sentit que la mort montait de ses jambes à son cerveau. Il se redressa, et appela dans la nuit, d'une voix formidable :

— Félicité ? Père ?

Puis le corps oscilla un moment, la main commença un signe de croix, et l'homme s'abattit, la bouche encore ouverte, le long des planches de la yole…

Dans le dédale des fossés, une autre yole courait, menée à toute vitesse. Elle portait à l'avant, rasant les eaux, une lanterne accrochée à un bâton, étoile menue qui fouillait les canaux, balancée par la marche et secouée par le vent. Le père avait découvert la fuite de Mathurin, et il le cherchait. Autour de lui les oiseaux se levaient aussi. Des ailes blanches passaient dans le rayon de lumière. « Engeance, murmurait le métayer, dis-moi donc où il est ? Mais que disaient les milliers de voix qui répondaient ? À chaque carrefour des canaux, il montait sur l'arrière de sa yole, et, tourné successivement vers les quatre vents du ciel, il jetait, de toutes ses forces, le nom de son enfant. Deux fois, des chasseurs regagnant leur motte verte, des fermiers ouvrant leur fenêtre, avaient demandé du fond de l'ombre :

— Que veux-tu ?
— Mon fils !

Les voix n'avaient plus rien dit.

Une troisième fois, Toussaint Lumineau crut entendre un cri bien faible, bien lointain, dans les brumes, et, quittant le canal qui va droit au Perrier, il se porta sur la gauche. De distance en distance il appelait encore, mais, n'entendant plus rien, craignant de faire fausse route, il prenait la lanterne et l'approchait des bords, afin de relever les traces de ningle, s'il y en avait. À quelques centaines de mètres, il vit une déchirure fraîche dans la boue, puis deux. Une yole avait passé là. Était-ce celle de Mathurin ? Il la suivit. La yole avait fait le tour complet d'une prairie. Mais de quel côté était-elle sortie ? Dans les fossés qui se coupaient, aux angles, le métayer eut beau chercher, écarter les roseaux, revenir, les traces avaient disparu. Il allait retourner en arrière, quand il aperçut, dans la lumière de sa lanterne, un bois flottant. Il se baissa ; un pressentiment de son malheur le saisit ; c'était une ningle de la Fromentière. Elle dérivait, poussée par le vent, vers l'endroit où le fossé, par-dessus les talus inondés, communiquait avec la prairie changée en lac. Le métayer crut que son fils avait chaviré.

— Tiens bon, Mathurin ! cria-t-il, j'arrive ! Tiens bon !

Il enleva la yole d'un coup de perche, et la poussa dans le chenal.

— Où es-tu, Mathurin ?

Sur l'eau libre, dans le clapotis des lames, il fit une trentaine de mètres, et, brusquement, fut projeté en avant. Il se pencha ; il étendit le bras, et, à tâtons, saisit l'arrière d'un bateau qu'il rangea bord à bord. Puis il tourna la lanterne, et vit, couché sur le côté, au fond de l'autre yole de la métairie, son fils qui ne remuait plus.

Toussaint Lumineau se jeta à genoux sur le bordage qui fléchit jusqu'au ras de l'eau ; il toucha les tempes, et elles ne battaient plus ; il prit les mains, elles étaient glacées ; il approcha sa bouche de l'oreille, et, à deux reprises, il appela Mathurin.

— Réponds-moi, mon enfant ! suppliait-il. Réponds-moi ! Remue seulement le doigt pour me montrer que tu m'entends !

Mais les doigts de l'enfant ne bougèrent pas, et, dans la barbe blonde, les lèvres restèrent immobiles, écartées par le dernier cri de l'âme qui s'était échappée.

— Seigneur ! dit Lumineau encore agenouillé, faites qu'il ne parte pas sans ses Pâques ; faites qu'il ne soit pas mort !

Et tout de suite, quittant sa veste et la jetant sur les épaules et la poitrine de son fils, le bordant comme avec une couverture de lit, il abandonna sa yole, et poussa l'autre hors du pré, celle qui portait Mathurin. Un peu d'espoir le soutenait et redonnait de la force à ses vieux bras. Il fallait trouver du secours. Debout, cherchant à s'orienter dans cette nuit profonde, le père continua quelque temps d'avancer avant de découvrir un feu de ferme. Puis un rayon de lumière perça les brumes, à droite. La yole glissa plus vite. En suivant le fossé elle s'approcha, et le métayer put reconnaître la métairie au dessin des portes et des fenêtres éclairées. Hélas ! c'était la Seulière, et on y veillait. Des bruits de rires, des chansons, les notes essoufflées de l'accordéon flottaient autour des murs et se dispersaient dans le vent. Le métayer longea la motte brune, et la dépassa. Mais tout en yolant, le plus rapidement qu'il pouvait, il épiait si la grande ombre que faisait Mathurin n'avait pas remué, et, la voyant immobile, il pensa : « Mon enfant est mort. »

À cinq cents mètres au delà, et de l'autre côté du

canal, il savait maintenant qu'il y avait une autre maison, et il se hâtait vers elle. Car c'était, cette fois, la Terre-Aymont, la ferme de Massonneau le Glorieux, son ami. Et bientôt le métayer jeta la chaîne de sa yole autour d'un saule, débarqua, et courut à la porte en criant :

— Glorieux ! Glorieux ! Au secours !

Entre la métairie de la Terre-Aymont et le saule qui retenait la barque, sur la pente boueuse du tertre, il y eut bientôt des lumières en marche, des hommes et des femmes qui se précipitaient, des plaintes, des larmes, des prières à voix basse. Toute la maison qui s'endormait fut sur pied en un moment, et groupée auprès de la rive. Massonneau voulait transporter Mathurin dans la salle de la Terre-Aymont et envoyer chercher le médecin de Challans, mais Toussaint Lumineau, ayant considéré de nouveau et touché le corps de son fils, répondit :

— Non, Glorieux. C'est fini de souffrir, pour lui : je veux l'emmener à la Fromentière.

Alors, le métayer de la Terre-Aymont se tourna vers deux jeunes hommes qui se tenaient en arrière, et, appuyés l'un sur l'autre, leurs têtes brunes se touchant, semblaient regarder la mort pour la première fois.

— Mes gars, dit-il, allez chercher la grande yole de chez nous.

Ils disparurent dans les brumes, et coururent chercher le bateau qui se trouvait dans un pré voisin de la Seulière, et, en passant, prévinrent les gens de la veillée.

Il était à peu près dix heures de la nuit, quand le corps de Mathurin Lumineau fut placé pieusement, par des mains amies, dans la grande yole qui servait à transporter le fourrage, et qu'on avait vue si souvent revenir entre les prés, toute chargée de foin nouveau, ayant, au sommet de la meule, un des enfants de la Terre-Aymont qui chantait. On le coucha au milieu, et la mère Massonneau le recouvrit d'un drap blanc, sur lequel elle attacha un crucifix de cuivre. Toussaint Lumineau s'assit à l'arrière, du côté où était la tête de son enfant. À l'avant, se placèrent debout, appuyés sur leurs ningles, les deux fils du Glorieux de la Terre-Aymont. Deux lanternes, à leurs pieds, éclairaient les yoleurs et le chemin.

Et la yole se détacha de la rive parmi les gémissements. Sur le grand canal droit, elle s'avança lentement. Le vent chassait contre elle les brumes du Marais.

Quand elle fut à petite distance de la Seulière :

— Les voilà ! dit une voix. J'entends les ningles et je vois les lumières !

Les portes des deux chambres s'ouvrirent ; la clarté des lampes se répandit au dehors, et éclaira vaguement la motte sur laquelle était bâtie la maison ; quelques menus arbres, au bord du fossé, devinrent tout blonds dans la nuit. Et tous ceux qui veillaient chez les Gauvrit, jeunes gens et jeunes filles, en longue procession, descendirent jusqu'à la berge, pour saluer le malheur qui passait. Pêle-mêle, en costumes de fête, agenouillés dans la boue, leurs tabliers ou leurs chapeaux secoués par le vent, ils regardèrent venir, en silence, le drap blanc qui cachait le corps de l'infirme, leur aîné de bien peu d'années, et le vieux Lumineau, tout courbé à l'arrière, le front rapproché des genoux, immobile comme celui qu'on emportait.

Au dernier rang, il y avait une grande fille, dont le mouchoir bleu et la chaîne dorée luisaient, dans le rayon plus proche qui s'échappait de la porte. Deux de ses compagnes la soutenaient, agenouillées comme elle.

Tous ils se taisaient. Tous ils continuèrent à suivre des yeux la barque qui s'en allait, et, par degrés, rentrait dans la nuit. Le bruit des ningles touchant l'eau décrut ; les frissons du sillage s'effacèrent ; dans les brumes rapidement épaissies, on vit diminuer la blancheur du drap. Puis on ne vit plus qu'une lueur sans foyer, le halo faible des lanternes au-dessus des prés. Et bientôt rien ne sortit plus de l'ombre où s'enfonçait la yole.

« Pauvre grand Lumineau, le plus beau fils de chez nous ! »

Dans le lointain du Marais, où déjà la pitié des hommes ne l'accompagnait plus, le père pleurait en regardant au-dessous de lui ; il pleurait aussi quand il relevait la tête, et qu'il apercevait, attentifs a manier leur ningle, les deux beaux jeunes gars, fidèles à leur métairie, et qui yolaient à l'avant.

---

1. Longue perche.

17

LE RENOUVEAU

La seconde semaine d'avril fut d'une extrême douceur dans tout le Marais de Vendée, et le printemps s'annonça. C'était le premier, celui de l'épine noire et des saules. Ils n'étaient pas encore fleuris, mais en boutons. Et les bourgeons, avant les fleurs, ont un parfum. Il flottait sur la campagne. Toute la mousse, dans les prés bas d'où l'eau s'était retirée, levait ses pyramides à ailettes entre les brins nouveaux de l'herbe. Le vanneau faisait son nid. Les chevaux, qu'on remettait dans les pâturages, galopaient au soleil sur les berges raffermies. Les mares étaient bleues, comme les nuages étaient blancs, parce que l'heure joyeuse avait sonné.

Une après-midi de cette semaine où le monde renaissait, Toussaint Lumineau, à la barrière de son chemin, attendait le retour de l'aînée des Michelonne, qu'il avait envoyée, huit jours auparavant, au bourg des Châteliers. Car la Michelonne avait écrit, elle avait réussi dans son ambassade, elle ramenait du Bocage l'humble travailleur qui serait l'époux de Rousille, qui allait être le soutien et bientôt le maître de la Fromentière. Depuis le matin, Véronique était partie au-devant de sa sœur. Elle avait emmené Rousille. Et le moment approchait où tous ensemble, dans la carriole traînée par la Rousse, ils apparaîtraient là-bas, au tournant de la route, entre les deux champs de blé qui ondulaient au vent.

Le métayer attendait chez lui, sur son domaine, appuyé à la barrière qui avait laissé passer, hélas ! pour ne plus revenir, tous les fils de la ferme, et qu'il voulait ouvrir lui-même aux arrivants. Certes son cœur était triste. La vie l'avait durement traité. L'avenir ne le rassurait guère. La terre ne serait-elle pas vendue bientôt et livrée à l'aventure ? En ce moment même, prêt à accueillir ceux qu'il appelait pour lui succéder, Toussaint Lumineau pouvait-il chasser la pensée que la longue tradition prenait fin, et que le nom de sa famille et celui de sa métairie, inséparables depuis des siècles, ne se confondraient plus désormais ?

Cependant, il était de trop vieille et trop bonne race pour ne plus espérer. Le sang qui coulait dans ses veines enfermait, comme le grain, un peu d'éternelle jeunesse. On pouvait la croire morte, et elle s'émut encore.

Un bruit sourd et précipité, pareil à celui que font les hommes qui battent au fléau, s'éleva au loin, du côté de Challans, et passa dans l'air tiède. Toussaint Lumineau reconnut l'allure de sa jument rousse. Elle allait au galop, comme au retour des foires, ou des fêtes, ou des noces. Il releva la tête. Une fois encore il sentit renaître en lui le courage de vivre. Et, tourné vers la route dont les vieux arbres reverdissaient, devinant derrière eux sa joie qui accourait, il ôta son chapeau, et dit, les deux bras étendus :

—Viens, ma Rousille, avec ton Jean Nesmy !

FIN

Copyright © 2021 par Alicia Éditions
Couverture : Canva.com
Tous Droits Réservés

Printed in Poland
by Amazon Fulfillment
Poland Sp. z o.o., Wrocław
18 September 2023

065e7995-cdf5-46b0-9135-beed4338928dR01